Fantômette
contre
Fantômette

Georges Chaulet

Fantômette contre Fantômette

Illustrations
Patrice Killoffer

HACHETTE
Jeunesse

Françoise

Sérieuse et travailleuse, Françoise est une élève modèle qui se passionne pour les intrigues. Vive, pleine de bon sens et intrépide, n'aurait-elle pas toutes les qualités d'une parfaite justicière ?

Boulotte

Gourmande avant tout, elle se moque pas mal du danger… tant qu'il y a à manger !

Mlle Bigoudi

Si elle apprécie Françoise, l'institutrice s'arrache souvent les cheveux avec Ficelle et lui administre bon nombre de punitions. Que penserait-elle si elle était au courant des aventures des trois amies !?

Ficelle

Excentrique, Ficelle collectionne toutes sortes de choses bizarres. Malgré ses gaffes et son étourderie légendaire, elle est persuadée qu'elle arrivera un jour à arrêter les méchants et à voler la vedette à Fantômette…

Œil de Lynx

Reporter, il suit de près les méfaits des bandits. Il est le seul à connaître la véritable identité de Fantômette et n'hésite pas, à l'occasion, à lui filer un petit coup de main !

Hachette Livre, 43, quai de Grenelle, 75015 Paris

chapitre 1

Une étrange nouvelle

— Il s'agit maintenant de ne pas se faire prendre, sinon je vais avoir de graves ennuis avec Mlle Bigoudi !

La grande Ficelle a posé son cartable sur ses genoux et en a discrètement extrait une boîte rectangulaire de couleur rouge. Elle soulève le couvercle de son pupitre, glisse la boîte parmi les livres et les cahiers. Puis elle relève la tête, s'assure que l'institutrice n'a rien vu. Non. Elle est justement en train de tourner le dos, très occupée à démontrer au tableau noir que le quotient est le résultat d'une division. Parfait !

Ficelle se penche de nouveau, introduit sa tête dans le casier de manière à apercevoir le cadran de l'appareil, puis elle allonge sa main et tourne un bouton. Quelques mesures d'un concerto pour flûte et orchestre se font entendre.

La voisine de Ficelle est une fille ronde aux joues rebondies. D'autant plus rebondies que la bouche de la jeune personne est toujours gonflée par quelque morceau de gâteau ou de chocolat. Bien qu'elle soit très occupée par un bâton de nougat dont elle défait le papier d'aluminium, le manège de Ficelle ne lui a pas échappé. Elle demande à voix basse :

— C'est toi qui fais de la musique ? Qu'est-ce que c'est, cette boîte ?

La grande Ficelle pose un doigt sur ses lèvres :

— Chut ! C'est un cadeau que j'ai reçu ce matin pour mon anniversaire. Un transistor.

— Oh ! Et tu l'as apporté en classe ! Si Mlle Bigoudi s'en aperçoit !...

— Mais non. Je vais le laisser dans le casier et le faire marcher à petit feu.

— À petit feu ?

— Oui, à voix basse. Mlle Bigoudi ne pourra pas l'entendre.

Ficelle maintient son corps plié en deux, la tête fourrée sous le pupitre, immobile, comme un chat qui guette une souris en se cachant sous de vieux journaux. L'institutrice continue d'aligner des chiffres sur le tableau : elle dévoile les mystères de la division.

— Nous voyons que 7 n'est pas contenu un nombre entier de fois dans 38. Il peut être contenu 5 fois, mais il y a un reste qui est égal à 3. Supposons maintenant que nous voulions diviser 12 par 15...

Au bout d'un moment, Mlle Bigoudi commence à être intriguée par l'étrange attitude de cette élève dont la tête disparaît dans un casier. Elle quitte l'estrade, s'avance dans l'allée et touche légèrement du doigt la nuque de Ficelle.

— Mademoiselle, voulez-vous m'expliquer ce que vous êtes en train de faire ?

La tête ahurie de l'élève réapparaît au grand jour.

— Je... heu... je... cherche un livre...

L'institutrice soulève le pupitre et examine le contenu du casier. Trois ou quatre livres empilés, un cahier de brouillon taché d'encre, une trousse ouverte qui ne contient qu'un misérable crayon mordillé... Mlle Bigoudi referme le casier et dit sèchement :

— Tâchez d'être un peu plus attentive à

ce que nous faisons. Vous n'apprendrez pas l'arithmétique en regardant sous votre table. La leçon se fait au tableau noir. Je vous le signale, car vous ne semblez pas encore l'avoir compris.

L'institutrice regagne son estrade et reprend le cours. Très étonnée, Boulotte se penche vers Ficelle pour lui demander :

— Comment se fait-il qu'elle n'ait pas vu le poste ?

Ficelle cligne de l'œil :

— Il est extra-plat et il a la forme d'un livre. Je l'ai mis dans ma pile de bouquins pour le cacher, et ça a réussi. C'est ce qu'on appelle du camouflage.

Quelques minutes se passent et la leçon d'arithmétique se termine. L'heure suivante est consacrée à la dictée hebdomadaire. Les élèves prennent leurs cahiers, inscrivent la date du jour, écoutent le texte que Mlle Bigoudi lit une première fois à voix haute :

« *Dans ce capharnaüm, mille objets hétéroclites forment un imbroglio inextricable. Des amphores de porphyre contenant des excipients, des collutoires, ou des essences de térébenthine ; une lampe à acétylène ; des statues chryséléphantines ; un triptyque mythologique représentant en allégorie le Cyclope et Amphitrite...* »

Pendant cette lecture, Ficelle a de nouveau glissé la main dans son casier pour remettre le transistor en marche ; la voix d'un speaker se mêle à celle de l'institutrice :

« ... À Framboisy, où un fait assez curieux s'est produit cette nuit... »

Ficelle incline sa tête sur la table. Framboisy, c'est la ville même où elle se trouve. Que s'est-il donc passé pendant la nuit ?

« ... un cambriolage a eu lieu dans un des plus grands magasins de la ville, les *Galeries Farfouillette*. Des objets de valeur ont été dérobés par un voleur acrobatique qui est passé par le toit. La chose ne serait en soi guère extraordinaire, puisque des cambriolages se commettent chaque nuit un peu partout. Mais ce qui rend la chose inouïe, presque incroyable, c'est que le coupable n'est autre que Fantômette, la fameuse justicière qui jusqu'à présent se consacrait justement à la chasse aux voleurs. Des témoins ont nettement reconnu sa silhouette, son maillot noir et jaune, sa cape de soie rouge et son masque. On se demande par quelle aberration la jeune fille est passée soudainement dans le camp des malfaiteurs !... Voici maintenant quelques nouvelles de l'étranger... »

Ficelle tourne le bouton et chuchote à l'oreille de Boulotte :

— Tu as entendu ? C'est épouvantable ! Fantômette est devenue une voleuse !

— Oui, j'ai du mal à le croire !

— Je vais avertir Françoise tout de suite ! Elle va être soufflée ! Vite, du papier...

Elle déchire une feuille de son cahier de français et inscrit rapidement quelques mots :

TÉLÉGRAMME ULTRA-URGENT – STOP – FANTÔMETTE A CAMBRIOLÉ CETTE NUIT LES GALERIES FARFOUILLETTE – STOP – C'EST INCROYABLE MA PAROLE D'HONNEUR – STOP – SIGNÉ FICELLE – STOP

La feuille est pliée en huit et transmise vers l'avant de la classe, accompagnée par la formule rituelle : « Passe à ta voisine. » Elle parvient jusqu'à Françoise qui est fort occupée par les pièges de grammaire et de syntaxe qu'a semés Mlle Bigoudi tout au long de la dictée. Françoise met simplement le précieux message dans une petite poche de sa robe et n'y pense plus.

L'esprit préoccupé par la prodigieuse nouvelle qu'elle vient d'apprendre, Ficelle a beaucoup de mal à écrire sa dictée, et son orthographe s'en ressent. Son texte commence ainsi :

« *Dan se cafarnahomme, milles objet étéroclitte forme un ainbreauguelillot inèstriquable...* »

Un zéro pointé sanctionne ce manque d'application, et la grande fille se voit infliger une punition adéquate :

— Mademoiselle Ficelle, je veux bien admettre que vous ne sachiez pas écrire capharnaüm, mais vous devriez savoir que l'adjectif numéral mille est invariable. Vous me copierez cette règle vingt-cinq fois pour mardi prochain. Et cessez de mettre constamment le nez dans votre casier !

La récréation permet à Ficelle de quitter la classe – ce lieu cent fois maudit ! Elle se retrouve dans la cour en compagnie de Boulotte et de Françoise. Elle demande à cette dernière :

— Alors, tu as lu mon télégramme ?

— Non, répond Françoise, je n'en ai pas eu le temps. Qu'y a-t-il dedans ?

— Eh bien, lis-le, justement !

Françoise déplie la feuille, prend connaissance du message ultra-urgent. Elle sursaute :

— Quoi ? Fantômette a cambriolé un grand magasin ! Mais... comment le sais-tu ?

— J'ai apporté un transistor en classe et j'ai entendu le bulletin d'informations. Curieux, hein ? La justicière Fantômette s'est changée en cambrioleuse ! J'en suis tout époustouflée ! Et toi ?

— Ma foi, moi aussi... C'est étrange...

— Je n'aurais jamais cru ça d'elle !

Boulotte cesse un instant de mastiquer un ruban de réglisse pour déclarer :

— Moi, je me demande si elle n'est pas devenue subitement folle...

— Sûrement ! dit Ficelle. Ou alors... à force de courir après les voleurs, elle a voulu voir l'effet que ça fait d'en être un... À moins qu'elle n'ait dévalisé les *Galeries* pour avoir de quoi s'acheter quelque chose...

— Quoi donc ? Des sucettes ?

— Je ne sais pas, moi... un foulard... un bracelet... un taille-crayon... Ce n'est pas ton avis, Françoise ?

— Je l'ignore, ma chère Ficelle. Je trouve comme toi très étrange que Fantômette soit maintenant une voleuse.

— En réfléchissant longuement, dit Ficelle, nous trouverons sûrement l'explication ! Mon cerveau est très fort pour éclaircir les mystères. Quand je cherche la solution d'un problème, je la trouve toujours !

— Sauf s'il s'agit d'un problème de trains ou de robinets...

— Oh ! évidemment ! Les problèmes de Mlle Bigoudi, ils m'intéressent à peu près autant que ma première paire de socquettes !

Ficelle consacre l'heure suivante à la recherche d'un émetteur diffusant des bulletins d'informations. Mais il n'y a que de la musique. La grande fille doit renoncer à garder l'écoute de son transistor, d'autant plus que l'institutrice la surveille avec une insistance gênante. Les cours prennent fin sans qu'elle ait rien pu apprendre de nouveau. Elle glisse le poste dans son cartable et le rapporte chez elle.

Elle peut alors écouter les dernières informations sans crainte d'être bombardée de retenues ou de lignes à copier. Le speaker répète ce qu'il a dit lors des précédents bulletins, en ajoutant un élément qui donne du piquant à l'affaire : le directeur des *Galeries Farfouillette,* M. Palissandre, offre une forte prime pour la capture de Fantômette !

chapitre 2

Première enquête

Les *Galeries Farfouillette* occupent dans l'avenue Théodore-Théodule un emplacement privilégié. C'est un quartier très commerçant, situé au centre de la ville, près de la mairie, de la poste, du théâtre Scapin et de la Grand-Place.

Le rez-de-chaussée des *Galeries* se divise en deux parties ; une moitié est un libre-service d'alimentation où l'on peut acheter des biftecks sous cellophane aussi bien que du cognac ou du parmesan ; l'autre est constituée par un immense hall que des enseignes lumineuses désignent sous le nom de super-bazar. Domaine des seaux en plastique, de la faïence multicolore, du petit outillage, des robots électroménagers. Un rayon de parfumerie s'y trouve également.

Le premier étage, auquel on accède par un escalier mécanique, est occupé par la lingerie et les nouveautés. Le second étage est consacré à l'habillement. Et le troisième, enfin, à l'ameublement.

Il existe un quatrième étage, auquel le public n'est pas admis, qui contient les services administratifs et en particulier le bureau de M. le directeur que l'on reconnaît immédiatement à la plaque de laiton vissée sur la porte : « DIRECTION ».

En cette matinée, le bureau de M. Palissandre connaît une animation particulière. Les visiteurs ne sont pas ceux qui viennent habituellement en ce lieu, représentants ou fournisseurs. Il s'agit d'une espèce toute différente, qui porte habituellement un uniforme bien caractéristique : gabardine et chapeau mou.

La police, en effet, enquête sur le cambriolage dont les *Galeries* viennent d'être victimes. Il y a là le commissaire Moustache et son adjoint, l'inspecteur Panard. Ils écoutent attentivement le récit de M. Palissandre, un gros homme qui a tout à fait l'air de ce qu'il est, à savoir le directeur d'une grande affaire commerciale :

— Oui, messieurs, la chose s'est passée aux environs de minuit. Des personnes qui sortaient du cinéma *Majestic* ont aperçu une lumière sur le toit de mon magasin. Une lumière blanche qui bougeait. Il s'agissait sans doute d'une lampe de poche maniée par Fantômette. Elles ont nettement vu la jeune aventurière, qu'elles ont tout de suite reconnue. On sait qu'elle porte une espèce de maillot jaune et noir, ainsi qu'un masque...

— Attendez, coupe le commissaire Moustache, une chose m'intrigue. Comment ont-elles pu la reconnaître, alors qu'elle se trouvait à une telle hauteur et qu'il faisait nuit noire ?

— Oh ! c'est très simple. Elle est restée assez longtemps près de la grande enseigne lumineuse que j'ai fait installer sur le toit. De jour, elle a l'aspect d'un échafaudage noir, mais pendant la nuit elle projette une vive lueur. Heureusement, d'ailleurs, car elle m'a coûté assez cher !

— Bien. Continuez.

— Donc, ces promeneurs ont très nettement vu Fantômette. Or, il se trouve que l'un d'eux est venu faire un achat au libre-service, au moment où les employés parlaient du cambriolage découvert ce matin. Il a aussitôt signalé qu'il avait aperçu Fantômette pendant la nuit...

— Bon. Cette jeune fille masquée est certainement mêlée à l'affaire. Mais... peut-être n'était-elle là que pour surprendre les voleurs ? Rien ne nous permet d'affirmer qu'elle a fait le coup !

— Attendez ! Je vais vous montrer une chose... Voulez-vous me suivre ?

Le directeur sort du bureau, suivi par les deux policiers. Le petit groupe descend au rez-de-chaussée et s'arrête au rayon de la parfumerie. M. Palissandre appelle la jeune personne blonde qui a la charge de vendre les flacons de senteur, le vernis à ongles et le rouge à lèvres.

— Mademoiselle Crinoline, voulez-vous montrer à M. le commissaire l'intérieur du comptoir ?

La vendeuse fait glisser une des portes de son comptoir. Le directeur désigne un espace vide entre deux grandes boîtes en carton.

— Vous pouvez constater, messieurs, qu'il manque un carton. Hier soir, il était encore là, garni de cinquante flacons de *Charming 7,* le fameux parfum de Flor. À la place, nous avons trouvé cette carte de visite...

Le directeur tend au commissaire un petit rectangle de bristol qui porte ces mots :

FANTÔMETTE

vous remercie pour le charmant cadeau que vous lui faites. Elle adore les parfums. Soyez certain qu'elle ne manquera pas de revenir.

Le commissaire Moustache se caresse le menton et grogne :

— Sapristi de saperlipopette ! Elle ne manque pas de toupet ! Non seulement elle signe son vol, mais encore elle en annonce d'autres !

— C'est à craindre, monsieur le commissaire. Du moment qu'elle va revenir, c'est en vue d'un nouveau cambriolage.

— En effet...

Le commissaire réfléchit pendant un moment, consulte son adjoint, puis demande au directeur :

— Monsieur Palissandre, avez-vous constaté d'autres disparitions ? N'y a-t-il eu que ce vol ?

Le directeur lève les sourcils et fait un geste d'ignorance.

— Je ne saurais le préciser... Je vais demander aux chefs de rayon de faire un rapide inventaire. Mais j'ai l'impression que Fantômette n'a rien emporté d'autre. Vous savez, cinquante flacons de parfum, cela représente déjà un assez joli poids !

— C'est vrai. Eh bien, nous allons remonter, voulez-vous ?

Les trois hommes prennent l'escalier roulant, qui les ramène au quatrième. Le commissaire Moustache se met à marcher de long en large dans le bureau, et déclare d'un ton ferme :

— Ma conviction est faite. Fantômette, qui jusqu'à présent travaillait avec nous, a changé de bord. Pourquoi ? Je l'ignore. Mais il est certain qu'elle en a eu assez de jouer les justicières. Parfois, c'est le contraire qui se produit. On voit d'anciens criminels devenir d'excellents policiers...

— Mais alors, que faut-il faire ? Elle nous annonce qu'elle va récidiver.

— Eh bien, nous allons prendre les précautions nécessaires. Établir une surveillance.

Poster des hommes sur le toit, à chaque étage, dans le sous-sol. Organiser des rondes...

— J'ai déjà un garde qui surveille mon magasin pendant la nuit...

— Ah ! vous avez un veilleur de nuit ? Alors, permettez-moi de vous dire, monsieur Palissandre, qu'il ne fait pas très bien son métier !

Le directeur doit convenir que le veilleur, en effet, n'est pas à la hauteur de sa tâche. Le commissaire reprend :

— Donc, je vais vous envoyer des hommes qui se dissimuleront dans les différents rayons. Vous m'indiquerez les endroits où ils pourront se cacher le plus facilement.

— Certainement, monsieur le commissaire. Vous pouvez disposer de moi. Je ferai tout ce qui sera en mon pouvoir pour que l'on pince cette coquine. Je vais même offrir une prime pour sa capture, si vous n'y voyez pas d'inconvénient.

— Bien au contraire ! Cela stimulera le zèle de mes hommes ! Je reviendrai ce soir, et nous mettrons en place le dispositif de sécurité.

Le commissaire et l'inspecteur se retirent. Dix minutes plus tard, M. Palissandre accueille les premiers reporters. Ils mitraillent de leurs flashes la vendeuse de parfums qui, ravie, croit déjà voir son portrait dans tous les journaux, avec le titre de *Miss Lavande*.

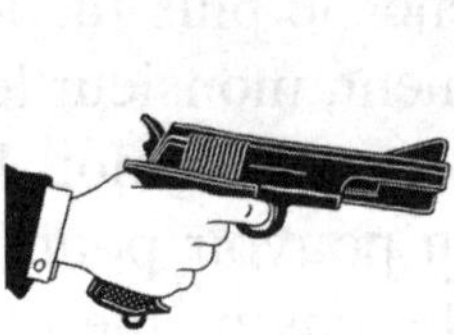

chapitre 3

Au stade

— Le comportement de Fantômette m'intrigue au plus haut point ! déclare Ficelle d'un ton important.

— Moi aussi ! dit Boulotte en feuilletant le catalogue illustré de la maison *Périgourdin frères.*

— Et je me propose, reprend Ficelle, d'enquêter à ce sujet.

— Excellente idée ! approuve Françoise en se regardant dans un miroir. Par où vas-tu commencer ?

— Je vais aller aux *Galeries Farfouillette,* faire semblant d'acheter un objet, et interroger les vendeuses. Je suis sûre que j'apprendrai toutes sortes de choses. C'est comme cela que font les détectives. Ils posent des questions... Par exemple : « À quel endroit étiez-vous le 21 juillet 1892, à 3 h 18 du matin, pendant qu'on assassinait la rentière de la rue des Petits-Moutardiers ? »

— Ah ! Ils posent des questions de ce genre ?

— Bien sûr ! Et je vais les imiter. Tu n'as pas l'air d'approuver mon projet ? Il ne te plaît pas, bien sûr !

— Je n'ai pas dit cela. Mais moi aussi j'ai mon idée...

— Oh ! coupe Boulotte, regardez ces photos en couleurs ! Ces pâtés !... Ces rillettes... Ce catalogue est merveilleux ! Et ça me donne une faim ! Pas toi, Ficelle ?

— Non, nous venons de goûter. Alors, Françoise, tu nous la dis, ton idée ?

— Si tu veux. C'est très simple. Le directeur des *Galeries Farfouillette* a deux neveux, Jean et Jacques. Ils vont tous les mercredis après la classe faire du volley-ball ou du basket au parc des Sports...

— Ah, oui, je les ai déjà vus. Il y en a un qui est un vrai poison ! Il m'a fait un croche-patte une fois, et je suis tombée dans une flaque d'eau.

— Celui-là s'appelle Jacques. Mais son frère est bien plus gentil. Nous sommes mercredi, et ils doivent se trouver quelque part sur le stade. Nous pouvons les interroger.

— Tu crois qu'ils sauront quelque chose ?

— Possible. Rien ne nous empêche d'essayer. En même temps, nous en profiterons pour faire un peu de barre fixe ou pour aller à la piscine.

— Bonne idée !

Les trois amies se munissent de sacs multicolores en toile, qui contiennent leurs tenues de sport – short et sweater. Boulotte ajoute dans le sien quelques menues victuailles... au risque de le faire éclater !

Elles prennent le chemin du stade en sautant à cloche-pied et en balançant leurs sacs à bout de bras. Boulotte disparaît soudain dans une pâtisserie après avoir crié :

— Attendez-moi ! J'en ai pour une seconde !

Françoise et Ficelle poursuivent leur route en marchant lentement, mais Boulotte met si longtemps à choisir le gâteau qu'elle veut acheter, qu'il lui faut courir pour rejoindre ses amies. Ficelle la félicite :

— Bravo, ma chère ! Je vois que tu fais

déjà des exercices ! Ta cellulite va fondre à vue d'œil !

Boulotte ouvre la bouche pour protester, puis elle change soudain d'avis et préfère mordre dans le millefeuille qu'elle vient de s'offrir.

Dix minutes plus tard, elles franchissent le portail du stade. À l'entrée, on leur confirme la présence de Jean et Jacques, qui doivent se trouver sur le plateau d'athlétisme.

Elles passent au vestiaire pour se mettre en tenue de sport, traversent en diagonale un terrain de rugby, longent les courts de tennis et parviennent à proximité d'une piste en cendrée sur laquelle courent deux garçons avec la rapidité de trappeurs canadiens poursuivis par une tribu de Cheyennes.

L'un est Jean, le frère aîné. Grand, souriant, sympathique, toujours de bonne humeur. L'autre est tout son contraire. Grognon, mécontent, grincheux, il a la triste réputation qu'on peut se forger en attachant des casseroles à la queue des chats, en « séchant » la classe ou en appuyant sur les sonnettes des portes cochères. Son plaisir le plus grand consiste à tirer les cheveux des filles qui ont la déplorable idée de se faire des nattes ; il se fait également remarquer par diverses activités que les bonnes gens réprouvent : il abat des isolateurs téléphoniques en verre à coups de pierre, renverse des boîtes à ordures et bouche des tuyaux d'échappement d'autos au moyen de carottes ou de pommes de terre. En bref, c'est un parfait mauvais sujet.

Les deux frères sont donc lancés sur la piste comme deux missiles téléguidés, lorsque la grande Ficelle s'avise de leur barrer le passage. Elle se met en travers de la cendrée, écartant les bras et criant :

— Arrêtez, arrêtez ! On a quelque chose à vous dire !

Jean ralentit et s'arrête à un mètre ou deux de la jeune fille ; mais Jacques, qui ne tient pas du tout à interrompre sa course, télescope brutalement Ficelle qui tombe en arrière, tête en bas et jambes en l'air.

Elle hurle :

— Espèce de brute ! Tu ne pouvais pas t'arrêter ? En voilà un ostrogoth !

Jacques tourne la tête et grogne, tout en poursuivant sa course :

— Tu n'avais qu'à rester où tu étais, grande nouille !

Jean s'approche de Ficelle, l'aide à se relever et lui dit :

— Il faut excuser mon frère, il est un peu... heu... vif...

— Je m'en aperçois ! Je venais de sa droite, donc j'avais la priorité !

Ficelle s'époussette et expose le but de sa visite :

— Voilà, je viens avec Françoise et Boulotte pour enquêter sur le cambriolage des *Galeries Farfouillette.* Il paraît que ton oncle en est le propriétaire ?

— Oui, c'est vrai.

— Bon. Alors, tu peux peut-être nous donner des renseignements ?

Le jeune garçon lève les yeux, regardant dans le vague. Il réfléchit, hésite, puis dit :

— Des renseignements ? Hum ! Je ne sais pas grand-chose sur cette affaire... Tout ce que je puis dire, c'est que Fantômette a volé des flacons de parfum pendant la nuit et...

— Ah ! dit Françoise qui s'est rapprochée, il s'agit donc de parfum ?

— Oui. Ce matin, une des vendeuses a constaté qu'un carton contenant cinquante flacons de *Charming 7* avait disparu...

— Et si la vendeuse elle-même les avait subtilisés ?

Jean secoue la tête :

— Non, impossible. Elle n'aurait pu sortir du magasin avec cette charge sans être vue. Il s'agit bien de Fantômette.

— Mais toi, comment es-tu au courant de ce vol ?

— Quand je ne vais pas à l'école, c'est-à-dire le mercredi, et après la classe, je me rends aux *Galeries* pour donner un coup de main aux employés. Mon frère Jacques également. Notre oncle ne nous paie pas, mais il nous fait de temps en temps des cadeaux. Par exemple, il m'a donné un équipement de rugbyman. À midi, je suis allé au magasin ; il n'était question que du vol. C'est comme cela que j'ai appris l'affaire. Je pense que Fantômette...

Mais Jacques vient de terminer son tour de piste. Il jette un coup d'œil à sa montre, fronce les sourcils et dit d'un ton coléreux :

— J'ai perdu deux secondes trois dixièmes ! À cause de la grande nouille ! Ah ! c'est malin d'être venue se planter en travers de la piste ! Aujourd'hui, j'étais en pleine forme et j'aurais sûrement battu mon record ! Les filles, alors ! Ne m'en parlez pas !

Ficelle met les poings sur les hanches, relève le menton et crie :

— Non, mais ! À quoi ça ressemble, de courir comme un dératé pour gagner trois cinquièmes de quart de minute ? Est-ce que je perds mon temps à des bêtises pareilles ?

Jacques va pour empoigner Ficelle par les cheveux, mais Françoise et Jean s'interposent en prêchant le calme. Pour faire diversion, Françoise propose d'aller piquer une tête dans l'eau de la piscine et le petit groupe, momentanément apaisé, quitte le terrain d'athlétisme.

Quelques instants plus tard, tout le monde fait trempette dans le bassin du parc des Sports. Ficelle annonce confidentiellement à Boulotte qu'elle va expérimenter une nouvelle nage de son invention.

— Comment ça, une nouvelle nage ? demande Boulotte en croquant un petit-beurre.

— Oui. J'ai observé Nestor, mon poisson rouge, et j'ai vu qu'il avançait en remuant sa queue. En faisant la même chose avec mes jambes je vais me propulser à une vitesse fantastique !

Ficelle plonge, applique le principe qu'elle vient d'imaginer, et coule à pic en buvant involontairement la tasse.

Pendant ce temps, Françoise fait avec Jean une course de vitesse, sur cinq longueurs de bassin. Malgré les efforts déployés par le garçon, elle arrive en tête, à la grande surprise de son concurrent. Elle sort de l'eau, s'assoit sur les gradins en bois qui dominent la piscine, et s'enveloppe dans une serviette-éponge.

— Je ne savais pas que tu pouvais nager aussi vite ! dit Jean, très étonné.

— J'ai quelque entraînement.

— Tu pourrais presque participer aux Jeux olympiques...

— Nous verrons cela dans quelques années. Pour l'instant, j'aimerais bien que nous reparlions de cette affaire de Fantômette. Comment sait-on qu'elle a commis ce vol ?

Le visage de Jean se rembrunit :

— Cette histoire n'est pas très intéressante. Nous ne pourrions pas parler d'autre chose ?

— Non, justement. Je suis venue ici pour obtenir des renseignements.

— Mais je t'ai dit tout ce que je savais.

Fantômette a été aperçue sur le toit du magasin pendant la nuit, puis on a découvert le vol.

— Et comment a-t-elle fait pour pénétrer à l'intérieur des *Galeries* ?

— Elle a ouvert un vasistas et est entrée dans le quatrième étage, celui des bureaux.

— Et pour ressortir ?

— Par le même chemin, évidemment.

Françoise réfléchit, le menton appuyé sur son poing. À côté d'elle, Boulotte mord dans un biscuit et Ficelle se frictionne avec une serviette. Jacques patauge dans le petit bain en aspergeant les baigneurs qui se trouvent à proximité. Françoise reprend :

— Comment Fantômette a-t-elle pu monter sur le toit de l'immeuble et redescendre ?

— Je l'ignore. Elle a dû grimper par une échelle d'incendie, ou par un tuyau de descente d'eau.

— La police a fait une enquête ?

— Oui, mais je ne crois pas qu'ils aient découvert grand-chose. Tout ce qu'on sait, c'est que Fantômette a laissé une carte de visite sur laquelle elle annonce son prochain retour.

— Tiens, tiens ! Elle a l'intention de recommencer ?

— Il me semble. Le commissaire va poster des hommes pour garder le magasin cette nuit.

— Ils comptent monter la garde pendant longtemps ?

— Jusqu'à ce que Fantômette revienne.

Ficelle plie sa serviette et la met dans son sac. Puis elle annonce :

— J'ai une idée ! Pourquoi ne pas monter nous-mêmes la garde dans les *Galeries* ? Comme cela, nous pourrions aider les policiers et nous aurions quelque chance de pincer Fantômette ! Qu'en pensez-vous ?

Jean fait un signe négatif.

— Je ne crois pas que la police vous laissera entrer pendant la nuit.

— Mais si tu en parles à ton oncle ? Avec sa recommandation, ils nous permettront de faire du détectivisme !

— Du détectivisme ? Je ne connaissais pas ce mot-là...

— Je viens de l'inventer. Il dit bien ce qu'il veut dire. Alors, tu veux en parler à ton oncle ?

— Si cela peut te faire plaisir, mais j'ai peur qu'il ne marche pas.

— Eh bien, j'en reviens à mon idée :

enquêter aux *Galeries Farfouillette* pendant le jour. Je vais aller y faire un tour. Allez, je suis sèche, on s'en va !

Elle prend son sac, descend des gradins et longe le bord de la piscine. À cet instant, Jacques, qui vient de sortir du bassin, s'approche par-derrière et la pousse d'un coup brusque. En vertu des lois de la pesanteur, Ficelle tombe, avec un grand PLOUF ! Grâce au principe d'Archimède, elle remonte à la surface. Et, à cause de son mécontentement, elle lance une mitraille d'invectives à l'adresse du jeune malotru qui lui demande si elle sait nager, si l'eau est mouillée, s'il faut lui envoyer une ceinture de sauvetage, etc.

Ficelle ressort en criant, se frictionne en grognant et maudit Jacques jusqu'à la cent dix-septième génération incluse.

Les trois amies se rhabillent, quittent le parc des Sports, et se dirigent vers les *Galeries Farfouillette.*

chapitre 4

Ficelle enquête

— À votre avis, demande Ficelle, faut-il que nous nous déguisions ?

— Nous déguiser, dit Boulotte, pourquoi ?

— Ma chère, quand on fait une enquête, on se déguise, pour ne pas être repéré par les malfaiteurs. On met une fausse barbe, des moustaches en poil de balai et des lunettes noires.

— Ah ? Comment sais-tu cela ?

— C'est dans tous les romans d'espionnage !

— Alors, tu vas mettre une fausse barbe ?

— Non, voyons ! Mais je vais changer mon allure pour qu'on ne puisse pas me reconnaître.

— Et comment feras-tu ?

— C'est très simple. Tu as remarqué que je suis un peu grande ?

— Oui. On t'appelle généralement « la grande Ficelle ».

— On m'appelle comme ça ?

— Oui.

— Tiens ! je ne le savais pas... Enfin, ça ne fait rien. Donc, je suis grande. Eh bien, je me plierai en deux, me courberai pour modifier ma silhouette. C'est génial, n'est-ce pas ?

— Heu... oui. Alors, moi qui suis rondelette, je dois me déguiser en maigre ? Comment faire ?

Ficelle ne daigne pas répondre. Les trois amies arrivent en vue des *Galeries Farfouillette.* Elles entrent dans le libre-service qu'elles traversent pour accéder au rayon des parfums. Mais en cours de chemin, Boulotte tombe en arrêt devant un comptoir réfrigéré qui contient un magnifique assortiment de charcuteries, et il faut attendre que la jeune gastronome ait passé en revue les jambons, les pâtés et les mortadelles. Puis on se rend au bazar, et là, Ficelle contemple longuement la vaisselle en plastique, les pinces à linge et les arrosoirs. Ce dernier article, en particulier, lui arrache des cris d'enthousiasme :

— Regardez celui-là, s'il est beau ! Il m'en faudrait un dans ce genre pour arroser le petit cactus qui est dans ma chambre et...

CLAC !

Ficelle reçoit une forte tape sur l'omoplate gauche. Elle pousse un cri et se retourne. Le méchant Jacques ricane :

— Ha, ha ! Elle parle encore d'arrosage ! Comme si elle n'avait pas été assez mouillée tout à l'heure ! Ha, ha !

— Grosse brute ! proteste Ficelle. Tu m'as démanché le pectoplasme !

— L'omoplate, rectifie Françoise.

— Tant mieux ! dit le jeune pirate, ça te donnera l'occasion d'acheter un tube de colle au rayon de la papeterie. Tu rafistoleras ta carcasse !

Il pivote sur ses talons et s'éloigne en continuant de rire. Son frère s'approche de la grande fille :

— J'espère qu'il ne t'a pas fait trop mal ? Il est vraiment mal élevé ! J'ai beau lui dire de ne pas faire de farces stupides, cela ne sert à rien...

— Je regrette de ne pas être un garçon !

Je l'aplatirais jusqu'à ce qu'il ressemble à un tapis-brosse !

— Tu n'aurais pas tort. Mais où en es-tu de ton enquête ?

— Nous ne sommes pas encore passées au rayon de la parfumerie, mais nous y allons tout de suite. Et toi, tu as demandé à ton oncle si nous pouvons rester ici cette nuit ?

— Pas encore. J'arrive tout juste du stade. Mais je vais le voir dans un instant.

— Bon. Alors, rendez-vous à la parfumerie ?

— Oui, entendu.

Les trois amies font le tour du bazar, puis, conformément à ses plans, Ficelle se courbe pour camoufler sa haute taille, et s'approche du comptoir des produits de beauté. Elle demande à la vendeuse :

— Excusez-moi, c'est bien à votre rayon que Fantômette a volé des flacons de parfum, l'autre nuit ?

La vendeuse fait un signe affirmatif.

— Oui, c'est ici. Mais... vous avez un lumbago ? Vous souffrez des reins ?

— Non, non ! Je me plie en deux pour qu'on ne me reconnaisse pas.

La parfumeuse ouvre des yeux ronds, éberluée. À cet instant, Jean réapparaît. Il fait la moue.

— Ma grande Ficelle, dit-il, je suis désolé, mais mon oncle ne veut pas que vous passiez la nuit ici.

— Oh ! Pourquoi ?

— Il estime que c'est l'affaire de la police. Il ne veut pas avoir affaire à des détectives amateurs.

— C'est ennuyeux, ça ! Si nous ne pouvons pas surveiller Fantômette et la capturer, comment allons-nous toucher la récompense ? Nous sommes brimées !

Pendant que Ficelle se lamente sur l'incompréhension du directeur des *Galeries Farfouillette,* Françoise interroge la vendeuse au sujet du carton qui a contenu les cinquante flacons de *Charming 7.* Elle demande :

— Auriez-vous un autre carton semblable, mais plein ?

— Oui, tenez. Celui-ci, sous le comptoir...

Françoise passe derrière le comptoir, se baisse et essaie de soulever le carton. Elle peut tout juste le déplacer.

— C'est diablement lourd !

— Oh ! oui ! Mais je n'ai pas à les remuer. C'est un manutentionnaire qui apporte la marchandise ici, et moi je me contente de sortir les flacons un par un.

— Très bien, je vous remercie.

Françoise achète une petite bouteille d'eau de Cologne, puis dit à Ficelle :

— Alors, notre enquête est terminée ?

— Oui, puisque nous ne pouvons pas nous installer pour faire le guet. Il n'y a pas de raison pour que nous nous occupions plus longtemps de cette affaire, si on refuse notre aide !

Sur ces mots, Ficelle redresse sa taille, lève le menton et fait une sortie où la plus haute dignité se mêle au mépris le plus profond. Ses deux amies disent au revoir à Jean, et suivent Ficelle.

Les trois détectives se retrouvent devant l'immeuble des *Galeries.* Françoise lève la tête, regarde le toit couvert de zinc, surmonté par le châssis de l'enseigne au néon. Elle murmure :

— Je me demande comment Fantômette a pu faire pour grimper jusque là-haut !

Les autres lèvent également le nez, et Ficelle dit :

— Jean pense qu'elle a dû se servir d'une échelle d'incendie. Il doit y en avoir une le long de la façade, par-derrière.

— Allons voir.

Elles contournent l'immeuble, qui forme un pâté indépendant des autres constructions voisines, une sorte d'îlot au milieu de la ville. Elles se plantent sur le trottoir, examinent les pierres, les fenêtres, les balcons. Aucune trace d'échelle.

— C'est curieux, dit Françoise, il n'y a rien qui soit pratique pour s'y accrocher et faire de l'escalade.

— À mon avis, dit Boulotte, elle a apporté une échelle en bois et s'en est servie pour monter au premier étage. Ensuite... heu...

— Ensuite ? Ma chère Boulotte, même en admettant qu'elle soit parvenue au premier de la manière que tu suggères, elle aurait eu bien du mal à se hisser plus haut.

— Et si elle avait appelé les pompiers ? Ils ont des échelles immenses !

Françoise sourit :

— Je ne vois pas les pompiers de Framboisy participant à un cambriolage...

Ficelle se frappe le front :

— Ça y est ! J'ai trouvé ! Je sais comment Fantômette s'y est prise pour monter sur le toit !

— Vraiment ? demanda Françoise. Dis vite, ma chère. Nous sommes tout ouïe !

— Très simple ! Élémentaire ! Mais encore fallait-il y penser. Elle s'est servie d'un hélicoptère !

— Ah ! oui, voilà une idée ingénieuse. Seulement, il y a un petit défaut.

— Et lequel ?

— Si un hélicoptère avait survolé la ville à minuit, il aurait réveillé toute la population. Alors je suis désolée, mais il faudra trouver autre chose.

— Bon, tant pis. Eh bien, peut-être que Fantômette a pris une grande perche, et qu'avec beaucoup d'élan...

— ... elle a sauté quatre étages ? Bravo ! Alors, elle sera championne du monde de saut à la perche !

— Heu... tu crois que cette explication ne va pas ?

— Non. Pas plus que celle de l'hélicoptère ni que celle des pompiers.

— Mais alors, comment a-t-elle fait ? Comment a-t-elle réussi à monter sur le toit des *Galeries* ?

Françoise croise les bras, regarde encore

une fois vers le haut du bâtiment, puis elle dit, comme pour elle-même :

— Si je le savais, je crois que le problème serait presque résolu... En tout cas, je reviendrai ce soir. Et ce n'est pas M. Palissandre qui m'empêchera de passer la nuit dans les *Galeries,* si j'en ai envie !

chapitre 5

Garde de nuit

Le commissaire Moustache entre dans le bureau du directeur des *Galeries Farfouillette,* accompagné de l'inspecteur Panard.

— Rien de nouveau, monsieur Palissandre ?

— Rien, mon cher commissaire. Fantômette n'a sans doute pas osé venir pendant la journée. Peut-être nous rendra-t-elle visite cette nuit...

— Ceci ne serait pas pour me déplaire. Si je prends la peine de mettre en place un dispositif de sécurité, c'est pour qu'il serve. Vous préféreriez, évidemment, que Fantômette ne revienne plus ici, pour ne pas être volé de nouveau. Mais, personnellement, j'aimerais assez qu'elle se fasse prendre dans nos filets... Inspecteur Panard !

— Monsieur le commissaire ?

— Nos hommes sont-ils en place ?

— Oui, monsieur le commissaire. Un à chaque étage, et deux sur le trottoir, qui font des rondes autour du bâtiment.

— Parfait ! Si notre jeune aventurière s'avise de mettre sur pied une nouvelle expédition, elle trouvera à qui parler. Cher monsieur Palissandre, vous pouvez aller dormir tranquille, votre magasin sera bien gardé.

— J'en suis persuadé. Mais elle est fort habile ! Et d'une agilité extraordinaire ! Il suffit de voir avec quelle adresse elle a escaladé la façade...

— Au fait, nous ne savons toujours pas comment elle a pu s'y prendre... Il me paraît difficile d'accéder au toit.

— Elle a dû trouver quelque astuce diabolique ! Cette fille est un vrai démon !

— En effet, en effet... Je me demande si elle n'aurait pas bénéficié de certaines complicités...

— Comment cela ?

— Oui. Imaginez que quelqu'un soit resté dans les *Galeries* pendant la nuit, ait ouvert une fenêtre et lui ait lancé une échelle ou une corde ? Elle aurait très bien pu alors pénétrer dans l'immeuble, puis aller se promener sur le toit où les passants l'ont aperçue.

M. Palissandre se frotte le menton d'un air dubitatif.

— Hum ! Votre hypothèse me paraît ingénieuse, monsieur le commissaire, mais je ne vois pas du tout qui aurait pu lui venir en aide... Il n'y a personne ici pendant la nuit, excepté le gardien. Il est à mon service depuis des années et je ne puis le soupçonner...

— Ah ! Alors, nous chercherons autre chose...

Le directeur jette un coup d'œil sur sa montre.

— Il est huit heures et demie. Si vous le permettez, je vais aller dîner. Vous n'avez plus besoin de moi, monsieur le commissaire ?

— Non, monsieur le directeur. Soyez certain que nous serons vigilants ! Si Fantômette vient ici, nous la pincerons !

— Je vous le souhaite !

Et le directeur des *Galeries Farfouillette* quitte l'immeuble pour se rendre à son domicile particulier, un pavillon dans la banlieue de la ville.

Pendant ce temps, le commissaire Moustache descend au troisième étage – celui de l'ameublement – et interpelle un de ses inspecteurs.

— Tout va bien, Lahury ?

— Oui, monsieur le commissaire.

— Bon. Ouvrez l'œil.

Le commissaire Moustache descend à nouveau d'un étage.

— Fouinard, rien en vue ?

— Non. Mais je ne bouge pas d'ici. J'ai bien l'intention de gagner la prime pour l'arrestation de Fantômette. Et si elle passe à portée de ma main...

— Ha, ha ! Très bien...

Au premier, le commissaire s'assure que l'inspecteur Duflair est à son poste, puis il prend l'escalier mécanique immobilisé à cette heure et recommande à l'inspecteur Pandanleuille de garder avec la plus grande attention le rayon de la parfumerie.

Le directeur lui a confié une clef, dont il se sert pour ouvrir une porte de service qui donne sur l'extérieur.

Il sort sur le trottoir, contourne l'immeuble

et rencontre deux autres policiers qui déambulent autour de l'édifice.

— Rien à signaler ?

— Rien, monsieur le commissaire.

— Observez bien les fenêtres, les façades et le toit. Je suis persuadé que quelqu'un va lancer une échelle de corde ou quelque chose de ce genre.

— Nous veillons.

— Parfait !

Le commissaire Moustache pénètre de nouveau dans l'immeuble, en ayant soin de refermer la porte à clef. La nuit est tombée ; aucune lumière dans le magasin, sauf celles d'une grande vitrine donnant sur la rue principale, et l'enseigne lumineuse de la toiture. Le commissaire allume sa lampe électrique pour diriger ses pas. Il pénètre dans le bazar et est soudain ébloui par l'éclat d'une autre lampe que l'on braque vers son visage. Une voix s'écrie :

— Ah ! c'est M. Moustache ! Excusez-moi, je me demandais qui rôdait dans le magasin...

— C'est vous, monsieur Pouffe ?

— Oui. Je fais ma ronde habituelle, bien

que vos collègues soient là pour me donner un coup de main...

M. Pouffe est le veilleur de nuit. Une casquette plate surmontant un petit vieux à moustaches blanches qui mâchonne une cigarette de papier maïs toujours éteinte. Le commissaire l'interroge :

— Dites-moi, monsieur Pouffe, ce matin vous m'avez dit que vous n'aviez rien remarqué de particulier au cours de la nuit dernière ?...

— Rien, monsieur le commissaire.

— Mais cependant, lorsque Fantômette a manipulé les flacons de parfum et les a enlevés, cela a dû faire un certain bruit ? Sans compter qu'elle n'a probablement pas pu tout emporter en une seule fois, étant donné le poids. Et qu'elle a dû faire plusieurs voyages pour porter son butin jusqu'au toit ?

— Pourtant, je n'ai rien entendu...

— Hum ! Peut-être dormiez-vous ?

M. Pouffe a un sursaut d'indignation :

— Moi, monsieur ? Dormir pendant mon service ? Jamais !

— Soit, je veux bien vous croire. Mais alors, comment Fantômette a-t-elle réussi ce déménagement sans que vous vous en soyez aperçu ?

— Ben... je ne me l'explique pas... Vous savez, je ne suis pas policier, moi...

Le commissaire enfonce sa tête entre ses épaules, grommelle quelque chose entre ses dents et poursuit son chemin. Il décide de s'installer confortablement pour passer la nuit et va faire un tour au rayon de l'ameublement. Il y a là quelques fauteuils de la marque *Superconfort-Mousse* qui doivent être particulièrement moelleux. Il en essaie un, qu'il trouve excellent, croise les jambes, allume une cigarette et attend tranquillement que le temps veuille bien passer.

Au bout d'un moment, M. Pouffe et sa lampe réapparaissent. Le veilleur fait le tour de l'étage, indique d'un signe de tête que tout va bien, puis poursuit sa déambulation vers le haut de l'immeuble.

La nuit est silencieuse, à peine troublée de temps en temps par le passage d'une voiture dans l'avenue Théodore-Théodule. Le clocher sonne la demie de neuf heures.

Le commissaire allume une seconde cigarette, se lève et traverse l'étage sur toute sa longueur. À l'autre bout se trouve l'inspecteur Lahury. Il est assis sur un divan et songe à tout ce qu'il pourrait s'offrir avec l'argent de la prime. Car chacun des policiers est bien persuadé qu'il va procéder lui-même à la capture de Fantômette.

— Rien en vue, Lahury ?

— Rien, chef. À mon avis, il faut attendre minuit. C'est à peu près l'heure à laquelle elle a été vue, et on peut supposer qu'elle va faire de même.

— Si elle revient cette nuit.

— Espérons-le !

Le commissaire est sur le point de retourner à son fauteuil, lorsqu'il se dit qu'une tasse de café très fort l'aiderait à se tenir éveillé. Il descend l'escalier, ce qui l'amène au second étage, celui de l'habillement. Là se trouve l'inspecteur Fouinard, qui a la spécialité de préparer, selon la saison, des rafraîchissements ou des boissons chaudes, très appréciés pendant les nuits de veille au commissariat. M. Moustache avise son subordonné qui fume une cigarette en regardant les lumières de la ville à travers une fenêtre.

— Dites donc, Fouinard, pourriez-vous nous faire une goutte de café ? Le temps nous paraîtra moins long, et...

ATCHOUM !

Le bruit d'un éternuement vient de rompre le silence de l'étage n° 2. Intrigué, le commissaire demande :

— Est-ce vous, Fouinard, qui venez d'éternuer ?

— Non, chef.

— Ce n'est pas vous ? Mais alors, qui est-ce ?

— C'est quelqu'un, là-bas, vers l'escalier...

— Allons voir !

Les deux hommes se précipitent entre les rayons, contournant les présentoirs chargés de chapeaux ou de robes, se faufilant entre les mannequins qui dressent leurs silhouettes noires sur des socles cubiques.

Ils atteignent le point d'où l'éternuement a semblé parvenir. Le silence est complet. Aucun mouvement. Rien de suspect. Pas de Fantômette en vue.

— Curieux, dit Fouinard, il n'y a personne. Pourtant, nous avons bien entendu du bruit ? Avons-nous rêvé ?

C'est alors qu'ils entendent un second éternuement, tout proche. Le commissaire braque sa lampe et pousse une exclamation...

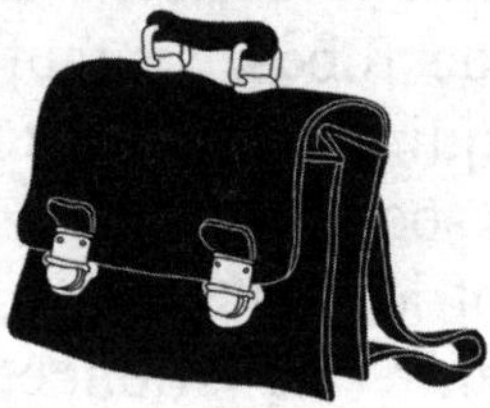

chapitre 6

Expédition interrompue

M. Palissandre a interdit aux trois filles l'accès de son magasin pendant la nuit. Mais Françoise est bien décidée à jouer les détectives et ses amies l'ont suivie.

À dix-huit heures vingt-cinq, donc un peu avant la fermeture, elles sont entrées aux *Galeries,* ont pris l'escalier mécanique jusqu'au second étage. Elles en font le tour en flânant, feignant de regarder les toilettes portées par des mannequins, tout en surveillant du coin de l'œil les vendeuses qui commencent à poser des housses sur les comptoirs. Ces housses sont extraites d'une sorte de cagibi incorporé dans un mur. Françoise a vite fait de repérer cette loge qui va pouvoir leur servir de cachette. Elle donne à voix basse des instructions hautement stratégiques :

— Nous allons opérer un mouvement giratoire autour de ce groupe de mannequins, là-bas, et quand les vendeuses tourneront le dos, hop ! nous nous glisserons dans le placard. Compris ?

— Compris !

L'action se fait rapidement, en silence. Les trois filles se glissent dans le cagibi et tirent la porte derrière elles. Françoise prend soin de glisser la lame d'un canif contre le pêne de la serrure, pour l'empêcher de se bloquer. Occupées à l'autre bout du rayon, les vendeuses n'ont rien vu. Elles ôtent leurs blouses, éteignent l'électricité et quittent l'étage. Leurs voix, mêlées au bruit de leurs pas, se perdent dans l'escalier. Le silence s'installe pour la nuit dans le département « Habillement et Confection » des *Galeries Farfouillette.*

Au bout d'un moment, Ficelle manifeste son intention de sortir du réduit obscur.

— Attends encore un peu, dit Françoise, les employées du quatrième ne sont pas descendues.

— Mais on peut entrouvrir, juste pour jeter un coup d'œil...

Françoise ôte son couteau et pousse légèrement le battant. Le magasin est plongé dans le noir. À nouveau, des pas se font entendre dans l'escalier, puis il n'y a plus rien. Françoise dit à voix basse :

— Cette fois, nous pouvons sortir. Mais nous risquons de rencontrer un veilleur de nuit. Et il est probable que dans un moment, des policiers viendront monter la garde.

— Nous les entendrons.

— Espérons-le. Dis-moi, Ficelle, as-tu une idée de ce que tu as l'intention de faire ?

— Bien sûr. Nous allons capturer Fantômette.

— Sans doute, mais comment ?

— Descendons au rez-de-chaussée, et cachons-nous derrière le comptoir de la parfumerie. Quand Fantômette arrivera, nous lui sauterons dessus et nous l'envelopperons dans une des housses.

— Très bien. Mais si elle vole quelque article d'un autre rayon ? Un manteau de fourrure, par exemple ?

— Non, non. Elle va sûrement revenir au rayon des parfums. J'en suis sûre !

— Bon. Descendons.

Elles se glissent entre les masses noires formées par les rayons, s'engagent dans l'escalier sur la pointe des pieds, passent au premier étage. Là encore, le silence est complet. À travers les larges baies de la façade, on peut apercevoir la lueur rouge clignotante d'une enseigne verticale : « CINÉ MAJESTIC ».

Les trois amies descendent au rez-de-chaussée, traversent le libre-service. Boulotte lorgne les pyramides de conserves et soupire :

— Dire que si j'étais une voleuse, je pourrais avoir tout cela pour moi !

— Oui, dit Françoise, seulement tu n'es pas une voleuse.

Françoise allume une petite lampe de poche qui l'aide à repérer le comptoir de la parfumerie.

— C'est là.

— Parfait ! dit Ficelle, nous allons nous cacher derrière... ou peut-être par ici, au milieu des seaux et des arrosoirs. Oui, nous nous camouflerons plus facilement, et nous pourrons nous asseoir.

Le plan de Ficelle est adopté. Les trois détectives prennent position à quelques mètres de là, au milieu d'un amoncellement d'ustensiles en plastique. Ficelle retourne une bassine, s'assoit dessus et dit fermement :

— Attendons !

L'attente n'est pas longue.

Une minute plus tard, il y a dans l'escalier un bruit de pas léger, puis une silhouette se découpe dans la pénombre, qui s'approche du rayon de parfumerie.

— Ça y est, souffle Ficelle, très agitée, voilà Fantômette !

Une lumière jaillit au pied de l'escalier, un pinceau qui balaie les allées et les comptoirs, comme pour y déceler une présence insolite. Ficelle propose :

— Vite, glissons-nous derrière elle et sautons-lui dessus !

Françoise pose une main sur un bras de la grande fille et chuchote :

— Attends une minute. Il faut d'abord être sûr que c'est elle.

La lueur se rapproche, sans qu'on puisse entendre les pas de la personne qui tient la lampe. Boulotte murmure :

— Elle va nous découvrir !

L'être mystérieux s'avance vers l'endroit où se trouvent cachées les filles. Mais il s'arrête soudain, pose la lampe sur un comptoir pour avoir les mains libres.

On ne perçoit de lui qu'une silhouette

noire, imprécise. Il y a un instant de silence. Inquiètes, les détectives se demandent quel événement va se produire. Fantômette s'apprête-t-elle à les attaquer ?

Elles entendent un crissement d'allumettes que l'on prend dans une boîte. Un craquement, une lueur jaunâtre de flamme allumant une cigarette...

Elles entrevoient une paire de moustaches blanches, une casquette plate...

— C'est le veilleur de nuit ! souffle Ficelle avec un sentiment de profonde déception.

Le gardien tire une ou deux bouffées de sa cigarette, reprend la lampe et continue sa ronde. Il disparaît dans l'escalier. Ficelle grogne :

— Je voudrais bien que Fantômette se dépêche de venir. Comme ça, je pourrais aller me coucher.

— Et moi, dit Boulotte, je pourrais terminer un délicieux camembert que j'ai entamé à midi...

— Regardez ! coupe Françoise en désignant une vitrine qui donne sur l'extérieur des *Galeries*.

Derrière la glace, on peut apercevoir, à la

lueur d'un réverbère, un groupe d'hommes qui se massent sur le trottoir.

— Le commissaire Moustache et ses hommes ! Ils vont venir ici. J'avoue que je ne pensais plus à eux.

— Tu crois qu'ils vont nous trouver ? demande Ficelle avec inquiétude.

— Oui. Ces messieurs ont l'habitude de faire des fouilles en règle, et je suis certaine qu'ils vont passer chaque étage au peigne fin, au crible et à la loupe ! Nous ferions mieux de retourner dans notre cagibi. Et vite !

Les trois filles traversent rapidement le bazar, montent l'escalier jusqu'au second étage. D'en bas, un brouhaha de voix leur parvient, qui s'amplifie à mesure que les policiers suivent le même chemin. Le commissaire met en place son dispositif de surveillance. Au bout de quelques instants, on entend la voix de M. Palissandre :

— ... Fantômette n'a sans doute pas osé venir pendant la journée. Peut-être nous rendra-t-elle visite cette nuit...

Le commissaire répond :

— Ceci ne serait pas pour me déplaire. Si je prends la peine de mettre en place un dispositif de sécurité, c'est pour qu'il serve...

Les trois jeunes détectives s'enferment de nouveau dans le placard, en laissant toutefois une mince fente entre la porte et l'encadrement pour observer ce qui se passe. Malheureusement, le cagibi est partiellement masqué par un mannequin, de sorte que leur champ de vision est restreint.

Françoise prend une décision :

— On n'y voit rien. Tant pis, je sors. Maintenant que les policiers sont en place, j'espère qu'ils ne se remettront pas à circuler. Il fait noir, on ne me verra pas.

Elle ouvre doucement la porte et se glisse au-dehors. Trop inquiètes pour se risquer dans le magasin, Boulotte et Ficelle restent dans le cagibi ; mais elles laissent la porte entrebâillée.

C'est là une très mauvaise idée. Une bouche d'aération située dans le plafond du réduit établit un courant d'air froid à travers l'ouverture. Au bout de quelques instants, Ficelle éternue.

Alors, une lampe s'allume à faible distance, et deux hommes s'approchent. Boulotte éternue à son tour, veut refermer la porte, mais dans sa précipitation elle laisse tomber sur le sol une petite boîte de cachous qui se glisse sous le battant et la bloque. La lumière est braquée sur les deux filles ; elles entendent une exclamation de surprise.

— Mais... que faites-vous là-dedans ? demande le commissaire Moustache.

— Heu... balbutie Ficelle, nous enquêtons...

— Vous enquêtez ? Drôle d'endroit pour faire une enquête !... Allez, sortez de là !

Penaudes, les deux filles s'exécutent. Elles suivent le commissaire et Fouinard dans une petite pièce du rez-de-chaussée. Le commissaire s'assoit, allume une cigarette et demande :

— Alors, expliquez-moi qui vous êtes et ce que vous faisiez exactement dans cette boîte ?

Les deux filles sont terrorisées par la présence de ces policiers à la carrure impressionnante, aux visages sévères. Ficelle fait : « Heu... heu... », et Boulotte tortille le bas de sa robe, prête à fondre en larmes. Le commissaire voit cette détresse et prend un ton jovial :

— Allons, allons ! Je ne vais pas vous dévorer ! N'ayez pas peur de me répondre...

Voyons, vous n'êtes pas venues ici pour voler ?

Elles secouent la tête.

— À la bonne heure ! Puisque vous n'êtes pas des voleuses, vous ne risquez rien. Mais expliquez-moi ce que vous faisiez ?

Ficelle sent son courage lui revenir :

— Voilà, monsieur, nous enquêtons sur Fantômette...

— Oui. Nous guettons son arrivée...

— Tiens ! En voilà, une idée bizarre...

— Nous faisons comme vous, monsieur.

— Hum ! Oui, en effet, je vois que vous jouez aux détectives... Mais, au fait, n'est-ce pas vous qui avez demandé au directeur, par l'intermédiaire de son neveu, la permission de passer la nuit ici ?

Ficelle et Boulotte font un signe affirmatif. Le commissaire les menace du doigt :

— Et M. Palissandre a refusé cette permission ! Vous le savez, n'est-ce pas ? Mais vous avez bravé son interdiction ?

Les deux filles baissent la tête. Le commissaire continue :

— Savez-vous que c'est très grave ? On n'a pas le droit de pénétrer chez les gens sans leur accord. Enfin, je veux bien admettre que c'était dans une intention honnête, puisque vous vouliez pincer cette voleuse de Fantômette. Mais c'est l'affaire de la police, et non la vôtre. Vous comprenez ? Cela ne regarde que moi.

Il se tourne vers l'inspecteur Panard :

— Vous allez me reconduire ces deux gamines chez elles. Et j'espère bien qu'elles n'en sortiront plus que pour se rendre à l'école. Vous entendez, mes jeunes demoiselles ? Vous serez mieux dans votre lit que dans un placard ! Ah ! une seconde... Dites-moi... quand le jeune homme... Comment s'appelle-t-il ? Jean, je crois... Oui, c'est cela, Jean ; quand il a demandé cette autorisation à son oncle, il a parlé de trois filles. Or, vous n'êtes que deux... Il y en a bien une troisième, je suppose ?

Boulotte et Ficelle n'osent pas nier le fait.

— Parfait. Où est-elle, cette troisième détective ?

— Elle est sortie du cagibi un peu avant nous. Nous ne savons pas où elle est allée.

— Nous la retrouverons. Fouinard, avertissez vos collègues et fouillez le magasin. Elle ne doit pas être bien loin. Prévenez également le gardien de nuit.

Les deux amies quittent les *Galeries Farfouillette* sous bonne escorte. Un quart d'heure plus tard, elles sont au lit, vexées d'avoir été découvertes et mécontentes d'avoir vu leur expédition interrompue.

chapitre 7

Françoise et le vasistas

— Où est-elle donc passée ? Où s'est-elle fourrée ?

Les inspecteurs tournent en rond aux divers étages du magasin, montent et descendent les escaliers, se baissent pour regarder sous les comptoirs, fouillent l'entrepôt du sous-sol, s'interpellent, pestent, interrompent leurs recherches pour boire du café.

— Inutile de chercher plus longtemps. Les deux filles m'ont raconté une histoire ; il n'y avait qu'elles ici. Reprenez vos postes.

Les inspecteurs se remettent en place, chacun à son étage, rallument des cigarettes et attendent tranquillement que la nuit prenne fin.

Alors, un fait étrange se produit au second étage, dans le rayon de l'habillement, là où un groupe de mannequins sur socles présentent des vêtements pour jeunes filles.

Un de ces mannequins, qui a une main posée sur la hanche et l'autre gracieusement levée en l'air, tourne la tête à droite et à gauche, fait « ouf ! » et descend de son socle.

« Je commençais à en avoir assez, d'être changée en figure de cire ! On n'imaginerait pas qu'il est si fatigant de rester immobile, sans rien faire ! »

Grâce à ce stratagème, Françoise a échappé aux investigations des policiers. Panard l'a même frôlée sans se douter que l'objet des recherches était à portée de sa main.

Françoise a observé, de loin, ses deux amies qui descendaient l'escalier entre deux inspecteurs. Elle a songé :

« Voilà leur enquête provisoirement suspendue ! J'ai bien peur qu'elles ne doivent renoncer à la prime ! En revanche, elles vont pouvoir aller se coucher, si le commissaire ne les retient pas. Alors que moi, il faut que je continue à veiller ! Si Fantômette voulait bien se montrer sans trop tarder, je pourrais également me mettre au lit. »

Mais Fantômette ne semble nullement pressée de renouveler son coup de la nuit précédente. Une heure passe, sans qu'aucun événement suspect se produise. De temps en temps, le veilleur de nuit fait une incursion entre les comptoirs, échange quelques mots avec un des inspecteurs, puis visite les autres étages.

Pour éviter de céder au sommeil, Françoise décide de faire à son tour quelques petites rondes. Avec la légèreté furtive d'une souris, elle contourne le fauteuil dans lequel l'inspecteur Fouinard tire sur un cigarillo, se glisse dans l'escalier, descend au libre-service. Rien de particulier. Elle inspecte le bazar, remonte par l'escalier mécanique, toujours immobile.

« Et si j'allais jeter un coup d'œil sur ces fameux vasistas ? C'est par là que Fantômette doit passer, en principe. »

En évitant de nouveau d'être vue par les policiers ou par le veilleur de nuit, elle monte jusqu'au quatrième. Elle allume une minuscule lampe de poche, longe un couloir en ouvrant les portes qui se présentent à gauche et à droitc. Des bureaux, un secrétariat, un petit central téléphonique. Il y a là des fenêtres, mais pas de vasistas. À force de lever le nez vers le plafond qu'elle balaie avec le faisceau de sa lampe, Françoise finit par en découvrir un, qui constitue apparemment la seule ouverture permettant d'accéder sur le toit. Il se trouve inscrit dans le haut d'une petite pièce où sont entreposés des dossiers et des archives. Son châssis est cadenassé.

La jeune fille examine le cadenas de très près et constate qu'il est parfaitement fermé. Elle murmure :

« Si Fantômette est venue dans l'immeuble par le toit, elle n'est pas passée par ici. Voyons s'il y a une autre ouverture. »

Elle poursuit son inspection, en quête d'un autre passage mettant en communication l'étage avec le toit. Il n'y en a pas. Elle redescend au rayon de la confection, s'assoit sur le socle d'un mannequin et attend la venue du jour, en méditant sur l'extraordinaire manière qu'a dû imaginer Fantômette pour pénétrer dans l'immeuble.

Au petit jour, les inspecteurs font une dernière tournée, puis se réunissent au rez-de-chaussée. À sept heures et demie, des femmes de ménage viennent faire le nettoyage à grand renfort de chiffons et d'aspirateurs. Françoise a repris la pose parmi les mannequins. Elle ferme les yeux, dormant à demi.

Une heure plus tard les portes s'ouvrent, les vendeuses viennent prendre possession de leurs rayons. Les premiers clients entrent.

Françoise quitte son socle, descend les escaliers, traverse le libre-service où quelques ménagères matinales achètent des produits alimentaires. Elle franchit la porte de verre qui la sépare du bazar.

Alors quelqu'un pousse un cri.

chapitre 8

Deuxième vol

Une vendeuse vient de crier, en soulevant la toile qui recouvrait le rayon des bijoux.

Ses voisines se précipitent, puis le chef de rayon, qui demande :

— Que vous arrive-t-il, mademoiselle Lucette ?

— Les montres ! Regardez ! Elles ont disparu...

Sur le comptoir, entre des bracelets et des boucles d'oreilles, s'alignent une vingtaine de petites boîtes garnies de velours rouge, parfaitement vides.

— Et les petites cuillers en argent ! Elles

étaient dans ces écrins ! Quelqu'un les a prises...

Le chef de rayon examine trois écrins qui ont contenu les cuillers. Sur l'un d'eux est posée une carte de visite. Il la saisit, lit à haute voix :

FANTÔMETTE ne peut résister au plaisir de cueillir ces quelques babioles et reviendra sûrement, malgré la police. Merci mille fois.

Un concert d'exclamations retentit. Vendeuses et vendeurs se jettent littéralement sur le directeur qui franchit à l'instant même la porte d'entrée. Il prend connaissance de la carte, demande froidement :

— Le commissaire et les inspecteurs sont toujours ici ?

— Non, répond le chef de rayon, je viens de voir M. Pouffe. Il m'a dit que ces messieurs ont quitté le magasin il y a une demi-heure environ.

— Bien. Je vais téléphoner au commissaire pour qu'il revienne immédiatement.

M. Palissandre disparaît vers les étages supérieurs en grommelant entre ses dents. Le chef de rayon dit à Mlle Lucette :

— Vous avez vu ? Le patron n'a pas l'air content du tout !

— Cela se comprend ! Il a convoqué des policiers pour surveiller le magasin, et Fantômette vient tout de même !

Françoise n'a rien perdu de la scène qui s'est déroulée devant ses yeux. Elle quitte les *Galeries,* songeuse. Ainsi, malgré la présence de la police, Fantômette a tout de même réussi à exécuter sa menace. Elle s'est introduite dans le magasin, a pris montres et couverts en argent, est repartie sans être capturée.

« Pourtant, j'étais sur place et je n'ai rien vu ! Si réellement elle était entrée dans le magasin, je l'aurais aperçue. Moi ou l'un des inspecteurs. Ou encore le veilleur de nuit... Il y a dans tout ceci quelque chose d'anormal... »

Une demi-heure plus tard, elle retrouve à la maison Ficelle et Boulotte qui la pressent de questions, lui demandant comment elle a fait pour échapper aux inspecteurs. Françoise révèle la ruse qu'elle a imaginée pour passer inaperçue, puis dit :

— Tout ceci n'a d'ailleurs servi à rien. Il y a eu cambriolage. Des objets ont été volés au rayon de la bijouterie.

— Fantômette ? s'enquiert Ficelle.

— Oui. Une carte analogue à celle qui avait été laissée hier au rayon de la parfumerie. Elle a encore écrit qu'elle allait revenir.

— Oh ! Et comment a-t-elle fait pour entrer dans les *Galeries* et pour en ressortir ? Elle est passée à travers les murs ?

— Je commence à le croire. Une chose est certaine, en tout cas, c'est qu'elle ne venait pas du toit. Le seul vasistas existant était fermé de l'intérieur par un cadenas.

— Et les fenêtres ?

— Non, il y avait des inspecteurs au-dehors, pour surveiller les façades.

— C'est un mystère, alors ?

— Oui. Mais je te garantis que j'arriverai à le résoudre ! En attendant, je prendrais bien un petit café au lait, si Boulotte a laissé quelque chose...

Ficelle fronce ses sourcils, médite avec une intensité rare et déclare :

— J'ai lu un roman policier dans lequel il y avait une situation analogue. Un cambriolage qui s'était produit dans une banque, alors que le voleur ne pouvait pas y entrer ni en sortir. Et pourtant, un coffre-fort avait été forcé.

— Comment le voleur s'y était-il pris ?

— Facile. Il s'était laissé enfermer dans la banque pendant la journée, puis en était sorti le lendemain, en se mêlant aux clients. À mon avis, Fantômette a fait la même chose. Elle s'est cachée dans quelque recoin pendant la journée, puis elle a volé montres et cuillers au cours de la nuit. Et elle se trouve peut-être encore dans les *Galeries* en ce moment...

— Tu veux dire qu'elle aurait agi comme nous ? Parce que c'est exactement ce que nous avons fait. Nous nous sommes cachées avant la fermeture du magasin.

— Oui. Je n'y avais pas pensé. Mais elle a dû s'y prendre comme cela.

— Alors, veux-tu me dire en quel endroit elle se serait dissimulée ? Les inspecteurs ont tout fouillé et moi-même j'ai circulé un peu partout sans la découvrir. Elle n'était tout de même pas avec nous dans le cagibi !

— Heu... non, évidemment. À moins que...

— Que quoi, ma chère Ficelle ?

— *Que ce soit toi, Fantômette !*

Un sourirc ironiquc se dessine sur le visage de M. Palissandre, tandis qu'il donne connaissance du nouvel et triste exploit de Fantômette au commissaire Moustache. Celui-ci, flanqué des inspecteurs Pandanleuille et Fouinard, l'écoute sans pouvoir dissimuler un certain embarras. Il tente de se justifier :

— Écoutez, monsieur le directeur, je ne comprends pas ! Mes hommes et moi avons fouillé votre magasin en entier, ce qui nous a permis d'ailleurs de découvrir les deux jeunes amies de vos neveux, puis nous avons veillé pendant toute la nuit. Comment voulez-vous que Fantômette ait pu pénétrer à l'intérieur ? Une souris n'aurait pu passer !

— Pourtant, le fait est là. Montres et argenterie ont disparu. À la place, on a trouvé cette carte de Fantômette. Il a bien fallu qu'elle entre dans mon immeuble !

— Dites-moi donc comment...

— Mais ce n'est pas à moi de vous le dire ! Je ne suis pas policier, moi ! C'est vous, le commissaire.

— Hum ! Oui, évidemment...

Dépité, le commissaire se retire pour procéder à de minutieuses investigations. Il examine les fenêtres, le fameux vasistas toujours soigneusement cadenassé, les soupirails du sous-sol ; se fait montrer par Mlle Lucette l'emplacement précédemment occupé par les montres. Il confère avec ses adjoints, émet différentes hypothèses, réfléchit, se torture le cerveau, puis finalement s'avoue qu'il n'y comprend rien. Il prend alors une décision :

« Puisque cette Fantômette de malheur doit revenir, nous allons doubler nos effectifs et monter une garde encore plus vigilante. Pendant toute la nuit, nous laisserons les lumières allumées. Un homme sera posté devant chaque porte, derrière chaque fenêtre. Nous apporterons des projecteurs autonomes, des interphones. Nous mettrons en place un système de sécurité tellement important, qu'une fourmi ne pourra ni entrer dans les *Galeries Farfouillette,* ni en sortir. Fantômette s'est moquée de moi. Elle a ridiculisé mes services. Eh bien, nous verrons qui aura le dernier mot ! »

Il enfonce son chapeau sur sa tête d'un coup de poing et prend la direction du commissariat pour y réunir son état-major et mettre au point son formidable plan de campagne.

chapitre 9

Les maillots

La grande Ficelle entre en coup de vent dans la salle de séjour où Françoise et Boulotte contemplent paisiblement l'écran du téléviseur. Elle crie :

— Regardez-moi, regardez-moi !

Les deux téléspectatrices doivent faire un effort pour tourner la tête : les passionnantes aventures du chevalier Bayard retiennent fortement leur attention. Elles daignent néanmoins jeter un coup d'œil sur la nouvelle venue qui s'est plantée devant l'entrée, les poings sur les hanches, arborant l'air majestueux d'un conquistador prenant possession d'un continent au nom du roi d'Espagne (c'est du moins l'attitude glorieuse que Ficelle tente de se donner).

La grande fille a revêtu un jersey blanc portant en énormes lettres rouges la mention : « BATTLING KNIGHTS ». Elle pivote sur ses talons, et la même inscription apparaît dans son dos en lettres bleues, qui surmonte un casque de chevalier du Moyen Âge imprimé en violet. Ficelle sourit triomphalement et annonce :

— C'est un sweater que j'ai acheté aux SuperSurplus. Il paraît que c'est le costume d'un club de footballeurs américains, les *Chevaliers bagarreurs.* Il est beau, n'est-ce pas ? De quoi ai-je l'air avec ça ?

— D'un manche à balai enveloppé dans une toile de tente, murmure Françoise.

— Comment ? Que dis-tu ?

— Je dis qu'il te va très bien. Tu es superbe !

— Ah ! C'est bien ce qui me semblait. C'est la dernière mode sportive du Colorado. Et toi, Boulotte, quel est ton avis ?

— Heu... oui, oui, très bien.

Et elle se plonge dans cette délicate opération que constitue l'ouverture d'un paquet de petits-beurre. Satisfaite, Ficelle manifeste son intention d'exhiber sa nouvelle tenue au parc des Sports.

— Vous venez avec moi au stade ? Si Jacques me voit, il va crever de jalousie !

Ses amies acceptent, à condition de voir la fin du feuilleton. Bayard donne d'innombrables coups d'épée, délivre une pauvre princesse enfermée dans un donjon, s'évade du noir cachot où ses ennemis l'ont enfermé, puis quitte l'écran pour laisser la place à un monsieur qui manifeste l'intention de faire une conférence sur le taux de reproduction des cochons d'Inde en milieu domestique. On tourne rapidement le bouton et les jeunes téléspectatrices consentent à suivre Ficelle jusqu'au parc des Sports.

Elles y parviennent au milieu de l'après-midi, à une heure où l'activité est intense. Tous les terrains sont occupés par des équipes à l'entraînement ou par des groupes de jeunes lancés dans des compétitions interclubs. Ficelle se met à grogner :

— Le volley-ball est plein, le basket est rempli, le fronton est archicomble ! Et la piscine ressemble à un wagon de métro à six heures du soir ! Je n'ai jamais vu autant de monde !

— C'est comme ça tous les mercredis, observe Boulotte.

— Allons tout de même voir sur le plateau d'athlétisme. Là, il y aura un peu plus de place.

Mais le plateau est également envahi par une foule de jeunes athlètes. On fait la queue pour sauter en longueur ou en hauteur. Les lanceurs de disque ont renoncé à projeter leurs dangereuses rondelles par crainte d'assommer quelqu'un, et les coureurs n'avancent qu'au ralenti, à la queue leu leu.

La bonne humeur de Ficelle revient lorsque Françoise lui fait remarquer que son costume voyant attire les regards. La grande fille se rengorge, satisfaite du succès de curiosité qu'elle provoque sur son passage.

— Je donnerais bien deux sous pour rencontrer Jacques ! Tu verrais la tête qu'il ferait ! Avec le caractère qu'il a, je suis sûre qu'il piquerait une jaunisse ! Je vais demander si quelqu'un l'a vu.

Elle interroge deux ou trois garçons qui appartiennent au même club que Jean et Jacques. Ils signalent à la grande fille qu'ils les ont aperçus dans la salle de boxe.

Elles longent les courts de tennis, traversent en diagonale un terrain de rugby – au risque de se faire catapulter par les joueurs – et parviennent à l'entrée d'un vaste bâtiment en forme de hangar. Il se divise en deux parties. À gauche, le sol est recouvert d'un vaste tatami à l'usage des judokas. À droite, un ring sert au catch et à la boxe. Deux garçons en short, gants aux poings, sont en train de se taper dessus avec un entrain qui fait plaisir à voir : Jean et Jacques.

Les trois amies s'approchent et Ficelle se met à encourager celui des combattants pour lequel elle ne cache pas sa sympathie :

— Vas-y, Jeannot ! Aplatis-le ! Cogne plus fort ! Mets-le en dix mille morceaux !

En entendant ces cris aigus lancés à tue-tête, Jacques se recule vivement, interrompant le combat. Il regarde Ficelle, s'écrie :

— Tiens ! Mais c'est la grande asperge !

Puis il s'approche des cordes, se penche pour observer plus attentivement la nouvelle venue. Une intense hilarité s'empare de lui :

— Ha, ha ! Mais qu'est-ce que c'est que ce déguisement ? Où as-tu été pêcher ça ? Au cirque ? Tu vas participer au carnaval, ou à l'élection de Miss Guignol ? Ou à un concours de perroquets ? Peut-être que tu représentes la nouvelle mode parisienne ? Tu sais que tu aurais un chic fou chez les

Papous ? Ha, ha ! On dirait que tu débarques de la planète Mars !

Il se tourne vers son frère et demande :

— Tu as vu la reine du cosmos ? L'impératrice de la lune ? Si les Vénusiens la voyaient, ils se fourreraient la tête sous le sol, comme les autruches ! Ha, ha !

Horriblement vexée, Ficelle passe successivement du rouge framboise au jaune citron, du vert haricot à l'orange amère. Elle se croise les bras, hausse les épaules et déclare dédaigneusement :

— Peuh ! Tu es jaloux de mon maillot parce que tu n'en as pas un comme celui-là !

— Moi ? Mais j'en ai dix, vingt, des maillots bigarrés ! Et un peu plus jolis que les tiens !

— C'est pas vrai !

— Demande à mon frère !

Jean approuve d'un signe de tête, et Jacques a un geste de triomphe. Ficelle grogne :

— Cela m'étonnerait bien qu'ils soient plus beaux que le mien !

— Tu n'as qu'à venir à la maison et je te les ferai voir. C'est mon oncle qui me les a donnés. Ils viennent des *Galeries Farfouillette*.

Passionnée par tout ce qui peut ressembler à un chiffon, Ficelle est partagée entre le désir de voir des maillots qui promettent d'être mirifiques et la volonté de manifester son mépris envers ce garnement de Jacques. Elle finit par céder à son instinct féminin :

— Bon, on va aller les voir, mais je suis sûre que le mien est cent fois plus joli !

Les deux frères quittent le ring, enlèvent leurs gants et passent des survêtements bleus. Le petit groupe sort du parc des Sports. En cours de route, Jacques manifeste son intention de donner à Ficelle quelques rudiments de boxe, et il lui martèle légèrement le nez à coups de poing. Il doit interrompre cette passionnante leçon, car la grande fille pousse des hurlements effroyables.

Un quart d'heure plus tard, on entre au logis des deux frères. La chambre de Jacques se caractérise par la présence d'un merveilleux fouillis. Matériel de camping étalé sur le lit ; CD répandus sur le sol ; raquettes, patins à glace et palmes de pêche sous-marine entassés dans le lavabo. Dans un coin, une imposante collection de boîtes de conserve vides attire l'attention de la gourmande Boulotte :

— Tu as vidé toutes ces boîtes ?

— Non. Je les ai rassemblées pour faire un jeu de massacre, comme dans les fêtes foraines.

Le jeune amateur de sports violents se met à quatre pattes et réussit à extraire du dessous du lit une dizaine de choses multicolores qui arrachent des cris d'admiration à Ficelle : les fameux maillots.

Pendant que Ficelle exprime son enthousiasme, Françoise bavarde avec Jean. Elle dit :

— J'ai appris que Fantômette a commis un nouveau méfait, cette nuit. Elle a volé des montres et de l'argenterie aux *Galeries Farfouillette*.

Le visage de Jean se rembrunit.

— Oui, j'ai entendu parler de cela. J'étais au magasin ce matin.

— Le commissaire Moustache était là ?

— Oui, je l'ai vu. Il avait l'air très préoccupé.

— Je le comprends ! Il a veillé toute la nuit et Fantômette est venue quand même. Je me demande d'ailleurs comment elle a pu s'y prendre pour pénétrer dans le magasin. Il n'y avait aucune trace d'effraction.

— Aucune trace ?

Jean reste silencieux pendant quelques secondes, puis ses yeux s'agrandissent et il demande vivement :

— Comment sais-tu qu'il n'y avait aucune trace ?

— C'est élémentaire, répliqua Françoise, j'étais moi-même aux *Galeries,* cette nuit.

— Hein ? Mais pour quoi faire ?

— J'ai agi exactement comme le commissaire. Je me trouvais en compagnie de Boulotte et de Ficelle. Nous avons fait le guet pour tâcher de prendre Fantômette au piège.

— Et... que s'est-il passé ?

— Il ne s'est rien passé. Ou du moins, je n'ai obtenu aucun résultat. Le vol a été commis sans que personne ait pu s'y opposer.

— Fantômette est très habile...

— Très. Elle l'est même tellement, qu'on peut se demander si c'est bien elle qui est à l'origine de ces vols.

— Comment cela ?

— Oh ! c'est bien simple. À mon avis, il lui a été impossible d'entrer à l'intérieur du bâtiment, étant donné la surveillance très stricte établie par la police et par notre petite équipe de détectives amateurs. D'autre part, il ne lui a pas été possible de sortir, sans quoi on l'aurait vue. Enfin, troisième fait, elle n'a pas pu se cacher à l'intérieur des *Galeries,* puisque tout a été minutieusement fouillé. Donc...

— Donc ?

— On en arrive à la conclusion suivante : *Fantômette n'est pas coupable* !

— Oh ! Tu veux dire que ce n'est pas elle qui a commis ces vols ?

— Non, ce n'est pas elle. Je ne vois d'ailleurs pas pourquoi une jeune fille qui s'est toujours consacrée à la chasse aux criminels passerait subitement de leur côté !

— Heu... Elle a pu changer d'avis...

— Allons donc ! Ce n'est pas dans son caractère. Non, je persiste dans mon idée : les vols ont été commis par quelqu'un d'autre que Fantômette. Mais par qui ? Voilà toute la question ! Et je suis bien décidée à résoudre ce mystère.

— Pourquoi toi plutôt qu'une autre ?

— Parce que... il m'est désagréable que cette jeune justicière passe pour une voleuse. J'ai la nette impression qu'une sorte de complot a été monté contre elle. Je veux l'aider à se défendre, à faire preuve de son innocence... Et je pense que...

Les paroles de Françoise sont interrompues par des cris divers poussés par Ficelle. Elle gémit :

— Houla ! Grande brute ! Qu'est-ce qui te prend ? Espèce de pas civilisé ! Bachi-Bouzouk ! Laisse donc mes cheveux, affreux vilain !

Jacques ne tient aucun compte de ces injures. Il se prépare à démontrer son adresse au tir à la carabine. Il dit à Ficelle :

— Viens ici ! Tu vas faire tenir cette balle de ping-pong sur ta tête, et je vais la toucher du premier coup, comme Guillaume Tell...

Peu soucieuse de servir de cible, la grande fille secoue négativement la tête et reprend l'inventaire des maillots multicolores.

— Oh ! regardez celui-là s'il est beau ! Les rayures rouges et blanches, c'est superbe !... Et celui-ci... jaune à pois verts ! Il est horriblement joli !

Françoise et Jean ont repoussé les ustensiles de camping pour pouvoir s'asscoir sur le lit ; Boulotte, qui a élu pour siège un ballon de rugby, décortique des cacahuètes avec la dextérité d'un chimpanzé. Ficelle est à quatre pattes sur le parquet, très occupée par les costumes sportifs ; et Jacques, debout au milieu de la pièce, brandit sa carabine au risque d'abattre l'ampoule du plafonnier. Il crie :

— Mais viens donc ! N'aie pas peur, grande nigaude ! Je vise très bien...

Ficelle fait la sourde oreille. Elle continue d'examiner les maillots un à un, puis soudain elle s'exclame :

— Tiens ! ça c'est curieux ! On dirait... mais oui, c'est... voyez cette espèce de pourpoint jaune... et cette cape en soie rouge et noire... C'est un costume de Fantômette !

Françoise bondit au bas du divan.

— Fais voir !

Elle saisit le costume, l'examine pendant quelques secondes et demande à Jacques :

— D'où sors-tu ce déguisement ?

Le jeune farfelu a un geste exprimant une totale ignorance. Il dit :

— Tu sais, il devait se trouver dans le lot. Mon oncle m'a donné ce paquet en me disant : « Tiens, puisque tu es sportif, voilà un assortiment de tenues qui étaient destinées à la Fédération d'athlétisme. Mais comme les crédits ont été coupés, elle n'a pas pu les acheter. Alors je t'en fais cadeau. » Voilà ce qu'il m'a dit, M. Palissandre.

Françoise fronce un sourcil :

— Le costume de Fantômette est donc considéré comme une tenue sportive ?

— Mais non ! Il doit provenir d'une panoplie qui a été mise en vente pour Noël. Tu sais, les déguisements de Fantômette, c'est comme les uniformes de pompiers, de cow-boys ou de Bayard. On les fabrique en grande série. Et celui-là a dû se perdre parmi les maillots...

— Oui, probablement.

Françoise laisse le costume de soie retomber sur le sol et se plonge dans une rêverie qui l'isole du monde extérieur. Cependant, Jacques poursuit son idée :

— Alors, ma chère Ficelle, es-tu décidée à affronter mon tir infaillible ?

Ficelle se met en colère :

— Je t'ai déjà dit que non ! Je n'ai pas du tout envie d'être transformée en passoire ! Si tu veux absolument imiter Guillaume Tell, tu n'as qu'à te mettre une pomme sur la tête et tirer dessus en te regardant dans une glace !

Jacques récuse cette proposition. Il ouvre

la porte d'un placard encombré par une multitude d'objets et annonce :

— Je vais faire mouche dans ce carton. Regardez ! Il y a sur cette boîte une marque de fabrique : FLOR. Je vais taper en plein milieu du O.

Sur la plus haute étagère est posée une grande boîte en carton qui porte effectivement une marque : FLOR. Le jeune garçon prend du recul, épaule sa carabine à air comprimé, vise et appuie sur la détente.

CLAC !

Un petit trou noir apparaît au centre du O.

— J'ai gagné ! J'ai fait mouche ! Tu vois, Ficelle, si tu avais posé une balle de ping-pong sur ta tête, j'aurais tapé en plein dedans !

Très fier, Jacques pose un poing sur sa hanche et fait le tour de la pièce en se pavanant. Françoise met fin à cette démonstration de tir.

— Bon, maintenant que nous avons vu les merveilleux maillots de Jacques et son adresse incomparable, il serait peut-être temps de rentrer pour dîner.

Boulotte approuve. Son estomac commence à lui signaler que le repas du soir est proche.

Ficelle abandonne les maillots à regret : elle les aurait volontiers emportés tous.

Les trois amies serrent la main de Jean et de Jacques en leur disant au revoir. Sur le pas de la porte, Jacques crie :

— Et quand vous voudrez prendre des leçons de boxe, pensez à moi. Je suis au parc des Sports le mercredi et le jeudi. À votre entière disposition. Mais n'oubliez pas d'apporter du coton hydrophile, de la gaze et du sparadrap ! Ha, ha !

Une fois dans la rue, les filles échangent leurs impressions. Ficelle demande :

— À votre avis, pourquoi avait-il un costume de Fantômette dans sa chambre ? Vous croyez ce qu'il nous a raconté ?

— Oui, dit Boulotte. Ce costume était mélangé avec les maillots.

— Moi, fait observer Françoise, je ne suis pas tout à fait d'accord. Rien ne nous prouve que ce déguisement se soit trouvé mêlé aux maillots par suite d'un simple hasard. D'autre part, il s'est produit un fait que vous n'avez peut-être pas remarqué...

— Lequel ? demanda Ficelle.

— Au moment où Jacques a tiré dans la boîte en carton, il y a eu un claquement sec, comme celui produit par une bouteille qui se brise.

— Alors ?

— Attends. J'ai remarqué une autre chose... Juste avant que nous partions, il y avait dans la pièce une légère odeur de parfum.

— Tiens ! C'est vrai ! Maintenant que tu le fais remarquer, je me rappelle qu'il y avait un parfum de fleurs dans la chambre de Jacques...

— Et ce parfum, c'est le *Charming 7* de Flor. Ce qui veut dire que le carton contenait une bouteille de ce parfum. Elle a été brisée par le projectile tiré par la carabine.

— Une bouteille de *Charming 7* ?... Mais alors...

Ficelle réfléchit, la bouche ouverte et les yeux ronds. Elle balbutie :

— Le parfum... le parfum qui a été volé aux *Galeries* par Fantômette... et son costume... chez Jean et Jacques... est-ce que par hasard...

Françoise sourit.

— Je vois que tu y es presque, ma chère Ficelle. Un déguisement, le produit du vol...

tu commences à entrevoir une petite lueur... à soulever un coin du voile...

— Alors, le voleur... celui qui se ferait passer pour Fantômette... c'est Jacques ?

Françoise ne répond pas. Elle tortille une boucle de ses cheveux noirs en sifflotant un air à la mode.

— Écoute, reprend Ficelle, il est facile de le savoir. Retournons faire le guet aux *Galeries,* ce soir. Je suis certaine que Fantômette va revenir... Nous la capturerons, nous lui ôterons son masque et nous verrons bien si c'est Jacques...

— Alors, tu crois pouvoir faire mieux que la nuit dernière ? Allons donc ! D'ailleurs il va y avoir une telle quantité de policiers dans le magasin qu'on ne pourra même pas s'en approcher. Non, si l'on peut faire quelque chose, le commissaire s'en chargera. Je reste à la maison.

— Eh bien, moi, j'y vais ! Et j'arrêterai Fantômette à moi toute seule !

Un peu avant huit heures du soir, Ficelle sort dans la rue pour se rendre aux *Galeries Farfouillette* et s'y cacher, comme la veille, dans le cagibi. Mais en cours de route elle fait la rencontre de son amie Colette, qu'elle n'a pas vue depuis huit jours. Pendant un bon quart d'heure, elle lui raconte par le détail ses activités policières et lui expose le plan génial qui doit lui permettre de prendre Fantômette.

Lorsque la grande Ficelle a quitté son amie et qu'elle parvient en vue du magasin, elle constate avec dépit que les portes sont fermées. Sur le trottoir, de petits groupes d'inspecteurs montent la garde.

chapitre 10

Au feu !

— Cette fois-ci, assure le commissaire Moustache, Fantômette ne nous échappera pas !

— Est-ce bien certain ?

— Absolument, monsieur le directeur ! J'ai pris des précautions extraordinaires. J'ai doublé le nombre de mes hommes. Ils ont pour consigne de tirer à vue sur tout intrus. Votre magasin va se trouver pratiquement en état de siège. Il ressemblera à une place forte défendue par Vauban !

M. Palissandre hoche la tête avec un air dubitatif.

— Je veux bien vous croire, monsieur le commissaire, mais quand je vois avec quelle diabolique habileté Fantômette a réussi à se faufiler à travers votre réseau, la nuit dernière... je me dis qu'elle n'aura aucune peine à recommencer ! C'est un démon, cette fille ! D'ailleurs son nom indique bien qu'elle doit être capable de passer à travers les murs. Fantômette... fantôme !

Le commissaire sourit :

— Allons, cher monsieur, ayez un peu de réalisme. Il ne faut pas accorder à cette jeune voleuse des facultés surnaturelles. Qu'elle nous ait mis en échec une fois, soit ! Mais je vous garantis bien que cela ne se reproduira pas. Et même, je crois être en mesure de vous affirmer ceci : *elle n'osera pas revenir*. Pour la simple raison qu'elle ne le pourra pas. Nous allons dresser devant elle un véritable mur ! Soyez sans crainte, un nouveau vol est impossible !

— Je l'espère. Il est exaspérant d'être nargué par une gamine !

M. Palissandre allume un cigare et déclare :

— Permettez-moi tout de même de faire une petite inspection. Deux précautions valent mieux qu'une.

— Vous êtes chez vous ! dit le commissaire d'un ton pincé.

Le directeur fait le tour du libre-service, puis examine les comptoirs du bazar, s'approche des vitrines, parcourt les allées. Il revient auprès du commissaire qui est resté à l'entrée du magasin :

— Commissaire, je vais jeter un coup d'œil sur les autres étages, puis je travaillerai dans mon bureau pendant une heure ou deux. Ne me tirez pas dessus quand j'en ressortirai !

— N'ayez crainte. Nous laissons toutes les lumières allumées.

Le directeur disparaît dans l'escalier. Le commissaire Moustache jette un coup d'œil à sa montre.

— Neuf heures. Bien, je vais établir un horaire pour les rondes et les tours de garde. Et tripler la ration de café noir. Il faut que mes gaillards ouvrent l'œil !

Le commissaire confère pendant un moment avec Fouinard, calculant le nombre d'heures que chaque inspecteur doit consacrer à sa veille. Il recommande à M. Pouffe d'être encore plus vigilant qu'à l'accoutumée, puis sort du magasin pour inspecter les alentours. Des policiers tournent en rond, dans le sens contraire des aiguilles d'une montre, autour du pâté formé par les *Galeries*. D'un signe, ils indiquent à leur chef que tout est normal. Le commissaire revient au rez-de-chaussée.

— Bon. Les choses ont l'air de se présenter bien. Un magasin très éclairé ; des hommes partout. Il faudra maintenant que Fantômette boive un élixir d'invisibilité pour réussir à commettre un vol !

Satisfait par l'excellence de son dispositif, le commissaire glisse les pouces dans les entournures de son gilet et traverse tranquillement le bazar en se dirigeant vers l'escalier.

C'est alors qu'il sent une odeur de brûlé.

Il s'arrête net, hume l'air.

— Oh ! ça sent le roussi !... Il y a de la fumée... Quelque chose est en train de brûler...

Il regarde autour de lui. Un léger nuage gris flotte dans l'air. Là-bas, dans une des vitrines qui donnent sur la rue, s'élèvent des flammes orangées. Un début d'incendie !

Le commissaire porte un sifflet à ses lèvres, lance deux coups brefs. Un inspecteur apparaît aussitôt à l'entrée du bazar ; un second, puis un troisième sortent du libre-service. Sur le trottoir, un petit groupe commence à s'assembler à la devanture. Le commissaire Moustache se dirige rapidement vers le foyer.

Des rideaux de mousseline drapés dans un étalage ont pris feu. Les flammes sont en train de se communiquer à des panneaux de contre-plaqué ornés de papier crépon : toutes matières très inflammables.

— Fouinard, vite ! Un extincteur ! Ça va brûler comme de la paille !

— Où y a-t-il un extincteur, chef ?

— Cherchez, mon vieux ! Et dépêchez-vous !

— Oui, chef. Je vais en chercher un. Peut-être près de l'escalier mécanique ?... Je vais aller voir.

Exaspéré par la lenteur de son subordonné, le commissaire se met lui aussi à la recherche d'un extincteur, en ordonnant aux autres policiers d'en faire autant.

Quelques instants plus tard, l'incendie est étouffé par une avalanche de mousse carbonique projetée par huit extincteurs !

— Bravo ! s'écrie le commissaire. Beau travail ! Je parie que c'était un coup de Fantômette. Elle a dû placer dans cette vitrine une bombe incendiaire à retardement. Ou peut-être une mèche à combustion lente. Oui, c'est sûrement elle qui a fait ce travail. Mais... à propos de Fantômette... Qu'est-ce que vous faites tous autour de moi ? Voulez-vous regagner vos postes ! Et plus vite que ça !

Les inspecteurs se dispersent rapidement pour revenir à leurs positions respectives. Le commissaire reste immobile devant la vitrine sinistrée d'où montent des nuages de vapeur condensée par le froid de la neige carbonique. Il médite, cherchant pour quelle raison Fantômette a provoqué cet incendie. Mais après tout, est-elle vraiment responsable ? Le feu pouvait avoir pris par suite d'un court-circuit dans les ampoules des projecteurs...

PAN ! PAN !

Deux détonations... un coup de sifflet prolongé, des cris...

Le commissaire sort son pistolet et lève instinctivement les yeux... Il se passe quelque chose dans les étages supérieurs. Il ordonne :

— Fouinard ! Pandanleuille ! Restez ici ! Duflair, venez avec moi ! Par l'escalier mécanique...

Les deux policiers montent à toute allure l'escalier qui fonctionne, puisque exceptionnellement le courant n'a pas été coupé. Le mouvement des marches additionné à celui des jambes permet aux deux hommes d'atteindre le dernier étage en un temps record.

L'inspecteur Lahury est sur le palier, tremblant, affolé, brandissant dangereusement un revolver encore fumant. Il bredouille :

— Vite, monsieur le commissaire ! J'ai tiré en l'air pour vous prévenir ! Fantômette vient d'attaquer le directeur ! Elle l'a ficelé et bâillonné !

Le commissaire se précipite dans le bureau de M. Palissandre. Celui-ci gît sur le sol et gémit :

— Dépêchez-vous ! Elle va se sauver par le toit ! Elle emporte mes diamants !

— Quels diamants ?

— Ceux qui étaient dans mon coffre-fort, là !

Du menton, le directeur désigne un grand coffre dont la porte est ouverte. L'inspecteur Lahury aide le pauvre homme à se débarrasser de ses liens, tandis que Moustache s'élance dans la pièce voisine – celle des archives – où il sait trouver le vasistas. Il constate tout de suite qu'un des carreaux a été brisé, ce qui laisse un passage suffisant pour un corps menu de jeune fille.

— Pas assez large pour nous. Il faut ouvrir

ce cadenas ! Duflair, allez chercher la clef. Presto !

Le commissaire se frotte les mains. Après tout, il n'est pas tellement nécessaire de se dépêcher. Fantômette se trouve sur le toit, mais l'immeuble est cerné. La jeune voleuse n'a aucune possibilité de s'échapper.

« Coincée ! Elle est coincée. Je vais pouvoir enfin lui mettre la main au collet, tout tranquillement ! Ha, ha ! Mademoiselle, je vais vous apprendre à me jouer des tours ! À nous deux !... Et à moi la prime ! »

L'inspecteur revient en compagnie de M. Palissandre qui se frotte la nuque en grondant :

— Cette canaille m'a assommé ! Mais je vous garantis qu'elle va passer un mauvais quart d'heure ! Tenez, commissaire, voici la clef...

Moustache prend la clef, ouvre le cadenas, puis, avec l'aide de Lahury, soulève et rabat à l'extérieur le vasistas. D'un rétablissement, il monte sur le toit de zinc. Il sort son pistolet et ordonne :

— Fantômette, haut les mains !

Personne ne répond. Le commissaire crie de nouveau :

— Je vous vois ! Sortez de là, les mains en l'air ! Sinon je fais feu !

Il ne voit rien du tout, que la silhouette de diverses cheminées, mais espère que la menace intimidera Fantômette et la forcera à se montrer. Il n'en est rien. Très ennuyé, le commissaire dit à voix basse à l'inspecteur Lahury qui vient à son tour de monter sur le toit :

— Opérons un mouvement tournant. Vous voyez ces cheminées, là-bas ? Elle doit être cachée derrière l'une d'elles. Prenez à droite. Moi, je prends à gauche. Nous allons nous rabattre brusquement. Elle sera bloquée entre nous deux. Entendu ?

— Oui, chef.

Les deux policiers entament leur manœuvre, marchant lentement, courbés en deux, le doigt sur la détente. La grande enseigne blanche projette sur cette scène étrange une vive lumière. Le décor des toits, la nuit étoilée, les bizarres ombres chinoises des deux hommes recréent l'atmosphère de quelque film fantastique, d'un drame à suspense.

Encore quelques mètres, et les policiers vont se trouver en face de la jeune voleuse qui les nargue depuis deux jours. On va l'emmener au dépôt, puis la faire passer devant un tribunal qui l'enverra dans une maison de redressement, pour y méditer sur les inconvénients du cambriolage...

Le commissaire contourne une des trois cheminées qui se dressent devant lui. Lahury dépasse la seconde en faisant de la tête un geste négatif.

Reste la troisième et dernière. Moustache veut laisser à Fantômette une chance de n'être pas surprise comme un malfaiteur, mais au contraire de montrer une certaine fierté, une sorte de panache, en quittant d'elle-même son abri. Il crie :

— Nous ne vous ferons aucun mal. Tenez, je rempoche mon arme. Vous pouvez sortir, maintenant.

Silence.

Le commissaire soupire, hausse les épaules et murmure :

— Bien. Allons-y...

Il fait quelques pas, dépasse la cheminée.

Derrière, *il n'y a personne* !

chapitre 11

Troisième vol

— Mais enfin, c'est inouï ! C'est fantastique ! C'est à n'y rien comprendre !

Réunis sur le toit, les policiers, déconcertés, regardent autour d'eux en interrogeant la nuit. Le commissaire se penche vers l'extérieur, interpelle ceux de ses hommes qui tournent en rond autour de l'immeuble. Ils n'ont rien vu. Fantômette s'est envolée, évanouie. Moustache s'arrache les cheveux, maudissant l'heure où lui est venue la curieuse idée d'entrer dans la police. Le cri d'un de ses hommes le fait sursauter.

— Chcf ! Vcncz voir ! Rcgardez !

On se précipite. L'inspecteur Pandanleuille tend le bras vers une gouttière qui court le long du toit. Le faisceau de sa lampe éclaire un objet noir, recourbé, accroché dans la canalisation.

— Je vais l'attraper. C'est une espèce de griffe.

Retenu par un de ses collègues, l'inspecteur se penche, allonge la main et saisit une sorte de crochet qui se termine par un anneau auquel est attachée une fine corde de nylon. On hale cette corde, qui paraît fort longue.

— Voilà l'explication ! grogne le commissaire. C'est grâce à cette corde que Fantômette a pu descendre du toit et prendre la fuite. Mais alors... je ne m'explique pas pourquoi mes hommes qui patrouillent sur le trottoir ne l'ont pas épinglée à l'arrivée !

Les policiers réintègrent l'intérieur de l'immeuble, et le commissaire Moustache fait venir ses « patrouilleurs ». Il les interroge sévèrement en leur montrant la corde.

— Messieurs, voici le moyen dont Fantômette s'est servie pour jouer la fille de l'air. Elle est descendue le long de la façade et a pris la fuite. Veuillez maintenant m'expliquer *comment* elle a pu échapper à votre surveillance. Vous étiez chargés de tourner autour du pâté de maisons, en permanence.

Alors ? À quel moment a-t-elle pu passer sous votre nez ?

Tête basse, l'un des policiers explique :

— Chef, je crois bien que... heu !... elle a pu passer pendant que nous étions en train de regarder l'incendie... Vous comprenez que ces flammes, dans la vitrine, ça nous a intrigués. Nous vous avons vus vous servir des extincteurs et...

— ... et pendant que tout le monde jouait aux pompiers sur le devant des *Galeries,* Fantômette se sauvait par-derrière ! Très bien ! Tous mes compliments ! Comprenez-vous que Fantômette vous a joués comme des gamins ? Avec ce tour classique qu'on appelle une manœuvre de diversion ? Ah ! j'aurais dû m'en douter !...

Le commissaire se tourne vers M. Palissandre qui assiste à cette scène en s'épongeant le front :

— Monsieur, à quel moment avez-vous été attaqué ?

— Ma foi... cela fait bien une demi-heure maintenant.

— C'est donc cela. Je comprends tout, maintenant. La chose est d'ailleurs facile à reconstituer. Un peu avant la fermeture, Fantômette vient dans le magasin, allume une mèche de coton qu'elle place dans la vitrine. Puis elle sort et fait le guet à l'extérieur. Lorsque l'incendie commence, elle vient se poster à l'arrière du magasin, lance son crochet et monte sur le toit. Elle brise le vasistas, pénètre dans le bureau de M. Palissandre, l'assomme et s'empare des diamants. Puis elle prend la fuite... Simple comme bonjour !... Au fait, monsieur le directeur, ces diamants, d'où sortent-ils ?

M. Palissandre, effondré sur une chaise, lève un visage bouleversé. Il gémit :

— Ces diamants ? Mais c'est toute ma fortune, monsieur le commissaire. Toute ma fortune !...

— Expliquez-moi.

— Voici. Vous savez qu'à notre époque, le commerce est incertain, les conditions économiques varient continuellement. J'ai voulu faire un placement sûr en achetant une valeur qui ne risque pas d'être dépréciée du jour au lendemain. Quoi de meilleur que le diamant ? Une matière qui se trouve à l'abri des variations de la finance. J'ai donc converti les bénéfices des *Galeries Farfouillette* en un lot de diamants que j'ai enfermés dans ce coffre.

Il y avait également, à l'intérieur, des papiers divers que j'étais en train de consulter... lorsque j'ai reçu un coup derrière la tête. À demi inconscient, j'ai senti qu'on me bâillonnait et qu'on m'attachait. J'ai reconnu Fantômette au moment où elle sortait de la pièce.

— Était-ce bien elle ?

— Aucun doute ! Un costume jaune, un masque, une cape rouge et noire... Ah ! c'est effroyable ! Je le savais bien, moi, qu'elle réussirait ! Cette fille est diabolique !...

Accablé, il enfouit son visage dans ses mains. Le commissaire se caresse le menton, très embarrassé. Il est manifeste que son fameux dispositif de protection n'a pas donné les résultats espérés. Encore une fois, la voleuse a triomphé ! Il réfléchit pendant un instant, tapote l'épaule du directeur d'un geste rassurant et lui dit :

— Cher monsieur, ne vous tourmentez pas. Nous allons récupérer vos diamants et, dès que Fantômette reviendra dans votre magasin, nous la pincerons !

M. Palissandre se lève brusquement, fourre ses mains dans ses poches et crie avec rage :

— Quand elle reviendra ! *Quand* elle reviendra ! Qu'est-ce que vous me chantez ?

C'est fini, maintenant ! Elle devait les guigner depuis longtemps, mes diamants ! Pensez-vous qu'elle va encore se risquer à prendre des savonnettes ou des épingles à cheveux ? C'est fini, terminé ! Elle a réussi un gros coup et vous ne la reverrez plus. D'ailleurs elle n'a pas pris la peine de laisser sa carte ! Vous voyez bien que ses visites sont terminées. Allez donc courir après !

Il s'assoit de nouveau, ou plutôt se laisse tomber lourdement sur sa chaise. Le commissaire estime que sa présence n'est plus nécessaire. D'un coup d'œil, il fait signe à ses hommes de le suivre. Les policiers se retirent et descendent les escaliers.

Une fois à l'extérieur, sur le trottoir, le commissaire Moustache résume la situation :

— Messieurs, il semble que la jeune voleuse à laquelle nous avons affaire soit plus... comment dirais-je ? coriace que nous ne le pensions. Il est certain qu'elle ne s'aventurera plus aux *Galeries*. Il nous va donc falloir reprendre l'enquête à zéro, chercher et découvrir en quel endroit elle loge. Cela risque d'être un travail long et fastidieux, mais il n'y a point d'autre solution. Vous allez donc rentrer chez vous et demain matin nous verrons ce que nous pouvons faire. Peut-être serons-nous obligés de faire appel à la Sûreté de Paris... Enfin, j'espère que nous nous en sortirons tout de même...

— Les journalistes ? demande Fouinard.

— Ah ! oui, les journalistes ! Ils vont crier tout haut que les diamants nous sont passés sous le nez... Eh bien, nous leur dirons que l'arrestation de Fantômette n'est qu'une question d'heures.

— Ah ? Vous croyez, chef ?

— J'en suis persuadé. Enfin... c'est ce qu'on dit dans ces cas-là. Bonsoir, messieurs !

Le commissaire enfonce d'un coup de poing son chapeau sur sa tête et se dirige à grands pas vers son domicile.

chapitre 12

Fantômette hors la loi

Mlle Bigoudi consulte son carnet, passant en revue la liste des élèves qui attendent, angoissées, l'appel d'un nom. C'est toujours un moment pénible (surtout pour les mauvaises élèves) que ces longues secondes qui précèdent l'arrêt du crayon pointu de l'institutrice devant le nom de celle qui va subir le supplice de l'interrogation orale.

Le silence est grand. Il l'est d'autant plus que les trente élèves se taisent. Lorsqu'une fille consent à ne pas faire de bruit, ce qui est rare, on le remarque. Mais combien plus est remarquable un silence multiplié par trente !

L'institutrice lance un nom, ce qui provoque une détente immédiate et un soupir collectif de soulagement. À l'exception de la malheureuse victime, qui se dirige d'un pas hésitant vers l'estrade.

Il s'agit de Boulotte.

Elle avale précipitamment le bout de réglisse qu'elle est en train de mâcher et forme des vœux pour que l'interrogation porte sur la seule matière où elle a quelques connaissances : les légumineuses.

Mais l'institutrice a opté pour une autre branche des sciences naturelles. Elle demande :

— Mademoiselle Boulotte, voulez-vous me dire ce qu'est un uranoscope ?

Boulotte reste bouche bée devant la question. Elle n'a jamais entendu parler de cette sorte de légume. D'abord, est-ce un légume ?

À tout hasard, elle fait :

— Heu...

L'institutrice essaie de l'encourager :

— Voyons, ne vous troublez pas. Nous avons parlé de l'uranoscope au cours de la dernière leçon. Essayez de vous rappeler... Alors, qu'est-ce qu'un uranoscope ?

Boulotte fait un gros effort mental. Ce doit être une sorte de télescope servant à observer la planète Uranus...

C'est la réponse qu'elle donne à l'institutrice qui reprend son carnet, son crayon et annonce :

— Mademoiselle, je vais vous mettre un zéro. Tâchez d'être un peu plus attentive à ce qui se passe en classe. Allez vous asseoir ! Mademoiselle Ficelle ?

La grande Ficelle se lève lentement et demande, avec le vain espoir d'une réponse négative :

— Moi ?

— Oui, vous ! confirme l'institutrice.

Résignée, Ficelle remplace Boulotte sur le chevalet de torture, c'est-à-dire l'estrade. La même question lui est posée :

— Voulez-vous me dire, puisque votre camarade n'a pas su le faire, ce qu'est un uranoscope ?

— Heu... heu...

— Ce n'est pas une réponse.

— Heu... C'est... hum ! Heu...

Ficelle plisse son front, tortille le bas de sa jupe, danse d'un pied sur l'autre, suce son index, regarde au plafond pour y chercher l'inspiration, puis consulte le parquet avec l'espérance d'y voir la solution écrite.

Mlle Bigoudi s'impatiente :

— Eh bien ? J'attends !

Ficelle trouve enfin quelque chose à dire :

— Un uranoscope, c'est un instrument atomique pour regarder l'uranium...

— Zéro ! Retournez à votre place.

La tête basse, Ficelle revient s'asseoir sur son banc. L'institutrice fait appel à une troisième élève.

— Mademoiselle Françoise, qu'est-ce qu'un uranoscope ?

— C'est un poisson des mers chaudes.

— Très bien ! Voici enfin une bonne réponse. Je vais vous marquer un dix en histoire naturelle. Prenez maintenant vos cahiers, mesdemoiselles. Nous allons étudier aujourd'hui les cryptogames vasculaires, parmi lesquels on peut citer les lycopodes, les ptérides, les osmondes, les psilotes, les todées, les aspides et les phylloglosses...

Ficelle soupire tristement, ouvre son cahier de brouillon (elle a oublié celui de sciences naturelles). Son visage s'éclaire soudain en retrouvant un dessin qu'elle a commencé la veille, sur une double page. Il s'agit d'un projet d'affiche dans le style Far West, comme celles que les shérifs épinglent sur les arbres et qui commencent invariablement par le mot

WANTED (on recherche), surmontant une tête de bandit plus ou moins patibulaire.

Sans plus se soucier des cryptogames, la grande fille ouvre sa boîte de crayons de couleur et continue son œuvre en tirant la langue.

Elle campe une magnifique Fantômette qui dissimule son visage sous un loup noir et ouvre largement sa cape de soie rouge en écartant les bras, ce qui lui donne un peu l'allure d'un vampire. Cet aspect de chauve-souris est renforcé par le fait que la terrible aventurière plane dans les airs en survolant un château fort hérissé de créneaux, dont la silhouette noire apparaît devant le disque blanc d'une pleine lune. L'effet est saisissant.

Ce portrait s'accompagne du texte suivant :

ON RECHERCHE
FANTÔMETTE
redoutable voleuse
qui terrorise l'honnête population
de Framboisy
FORTE RÉCOMPENSE
à qui la ramènera morte ou vive
chez le shérif

Très contente d'avoir aussi bien réussi cette affiche tant artistique que policière, la grande fille détache la feuille de son cahier et la fait discrètement passer à Boulotte en lui demandant son opinion.

— C'est superbe ! dit Boulotte en mâchant un chewing-gum, mais que comptes-tu en faire ?

— Je vais la punaiser dans le couloir de l'école, avec les meilleurs dessins du trimestre. Et j'en ferai d'autres, tu sais. Au moins une dizaine. Pour les coller dans les principaux lieux de la ville. Sur la façade de la mairie, à la poste, au théâtre Scapin, sur la cabine téléphonique de la Grand-Place...

— Tu devras aussi en mettre une dans la boutique du petit père Sucre d'Orge. Il y a toujours beaucoup de monde dans sa confiserie...

— Bien sûr. J'en collerai dans tous les coins. Mais il faudra que tu m'aides. Françoise aussi. Tiens, je vais lui faire passer l'affiche pour savoir ce qu'elle en pense.

Ficelle plie son affiche en huit pour la dissimuler plus aisément au regard indiscret de Mlle Bigoudi. Elle s'apprête à l'envoyer vers l'avant (les bons élèves sont toujours au premier rang et les mauvais au dernier), lorsque la sonnerie de la récréation vient annoncer la fin du cours. Ficelle met l'affiche dans la poche de son tablier, cache derrière le dos son poste à transistors et se mêle à ses camarades qui se précipitent dans la cour en poussant les cris aigus qui sont la spécialité de ces demoiselles.

Elle montre l'affiche à Françoise qui y jette un coup d'œil amusé et dit :

— Tu es toujours convaincue que Fantômette est l'auteur de ces vols ?

— Bien sûr. Qui veux-tu que ce soit ? Tu penses que c'est Jacques ?

— Cela pourrait être lui.

— Bah ! Il nous l'aurait dit.

La grande fille tourne le bouton de son poste qui fait entendre l'indicatif du bulletin d'informations.

Dès les premiers mots prononcés par le speaker, Ficelle, Françoise et Boulotte approchent l'oreille du récepteur en retenant leur respiration :

« En dernière heure, nous apprenons qu'un nouveau cambriolage s'est produit cette nuit même aux *Galeries Farfouillette* de Framboisy... C'est encore une fois Fantômette qui est à l'origine de ce vol. Déjouant la surveillance du commissaire Moustache et de ses inspecteurs, la jeune voleuse a réussi à rentrer dans le bureau où le directeur du magasin, M. Palissandre, était occupé à classer des papiers. Elle l'a assommé, ligoté ; puis elle s'est emparée d'un lot de diamants qui se trouvaient dans le coffre-fort dont la porte était restée ouverte. Elle s'est enfuie par le toit. Selon le commissaire, l'enquête en cours doit permettre de retrouver rapidement les diamants et leur illégitime propriétaire. »

— Oh ! s'écrie Ficelle, vous avez entendu ? Fantômette a volé des diamants ! Quel dommage que je n'aie pas été là ! Je voulais retourner aux *Galeries,* mais en cours de route j'ai rencontré Colette et elle m'a mise en retard en me racontant sa vie !.. C'est rageant, ça ! J'aurais pu capturer Fantômette et toucher la prime !

— Tu te fais des illusions, dit Françoise. Si le commissaire Moustache et ses hommes n'y sont pas parvenus, ce n'est pas toi qui aurais réussi.

— En tout cas, je vais toujours continuer l'enquête. En me dépêchant, j'ai le temps d'aller au magasin avant midi. Tu viens avec moi ?

— Bon, si tu veux.

— Et toi, Boulotte ?

— Oui, je t'accompagnerai. Je passerai au libre-service. Cette semaine, ils vendent des pruneaux en sachets de plastique qui sont délicieux...

La dernière heure de cours paraît longue à la grande Ficelle. Il n'est question que de tangentes, de sécantes, de médianes et d'hypoténuses, toutes choses fort ennuyeuses. À onze heures et demie, la sonnerie met fin à la géométrie.

D'un pas vif, les trois amies sortent de l'école et se dirigent vers les *Galeries Farfouillette*.

chapitre 13

Françoise fait une expérience

— Mais oui, vous voyez... C'est une vitrine qui a brûlé cette nuit. Tout l'étalage est à refaire...

— Et c'est Fantômette qui y a mis le feu ?

— Il paraît. Pendant que les policiers étaient occupés à l'éteindre, elle est montée sur le toit et elle a volé les diamants de M. Palissandre...

La vendeuse qui vient de donner ces renseignements aux trois enquêteuses doit s'interrompre pour servir une cliente. Françoise s'approche de la vitrine. Une étalagiste en pantalon bleu est en train de réparer les dégâts causés par les flammes. Elle a retiré les panneaux de contre-plaqué à demi consumés pour les remplacer par des feuilles de carton ondulé, de couleur verte, qui constituent le fond du nouvel étalage. Françoise lui demande si l'installation électrique des projecteurs a souffert.

— Non. Je viens de faire des essais. Par chance, les lampes et les fils sont contre la vitre, et les flammes sont restées en arrière.

— Alors, l'incendie n'a pas été causé par un mauvais contact ?

— Je ne crois pas.

— Dans ce que vous avez retiré, il n'y a rien de suspect ?

— De suspect ? Que voulez-vous dire ?

— Vous n'avez pas trouvé, par exemple, un mouvement d'horlogerie qui aurait déclenché l'incendie avec un certain retard ? Je pense que Fantômette aurait pu mettre dans la vitrine un système de ce genre...

L'étalagiste secoue la tête.

— Non, je n'ai rien vu... Tenez, tout ce que j'ai enlevé se trouve dans ce grand carton. Si vous voulez regarder... Mais il n'y a là que des bouts de bois ou de tissu brûlés.

Françoise se penche sur le carton. Ficelle fait observer :

— Si Fantômette avait mis une bombe à

retardement dans la vitrine, il en resterait des morceaux.

— Justement, c'est ce que je veux voir...

— Bah ! Il n'y a là que des machins roussis...

La brunette examine les morceaux de contre-plaqué, les pièces de mousseline, les papiers colorés qui dégagent encore une odeur de brûlé. Elle les sort un à un. Il ne reste plus au fond du carton qu'un tas de cendres. Du bout du doigt, Françoise remue ces cendres, puis saisit entre le pouce et l'index une sorte de bâton brun. Elle émet un petit sifflement entre ses lèvres, regarde l'objet à la lumière et murmure :

— Voilà ce que je cherchais. C'est une chance qu'il en reste encore un bout...

— Qu'est-ce que c'est ? demande Boulotte en cessant momentanément de mastiquer. (Elle vient d'entamer un bâton de nougat.)

— C'est ce qui reste d'un cigare. Selon les apparences, c'est lui qui a causé l'incendie. Quelqu'un l'a allumé, puis l'a posé dans la vitrine contre la mousseline ou le papier crépon qui ont pris feu.

— Oh ! dit Ficelle, c'est Fantômette qui a fait le coup !

Françoise remet dans le carton les débris de l'étalage, jette un coup d'œil sur sa montre et déclare :

— Nous avons le temps de demander à M. Palissandre ce qui s'est passé exactement. Je suis curieuse de savoir comment Fantômette s'y est prise pour grimper sur le toit.

Les trois filles empruntent l'escalier mécanique qui les amène au premier étage. Elles vont pour continuer leur ascension, lorsqu'un homme vêtu d'une gabardine et coiffé d'un chapeau mou leur barre le passage.

— Halte ! Où allez-vous ?

Boulotte et Ficelle viennent de reconnaître le commissaire Moustache. Il fronce les sourcils et dit :

— Tiens, tiens ! Ce sont mes jeunes détectives amateurs qui ont essayé de passer la nuit ici. Vous êtes trois, maintenant ? Et vous continuez votre enquête, je présume ?

Ficelle et Boulotte tremblent comme des ailes de libellule. Mais Françoise ne se laisse pas démonter.

— Vous êtes le commissaire Moustache, n'est-ce pas ? Oui, nous continuons l'enquête. Nous voudrions bavarder un peu avec le directeur, pour lui demander de quelle manière Fantômette est montée sur le toit.

Le commissaire prend un air sévère pour répondre :

— Des jeunes filles de votre âge ne devraient pas se mêler de jouer aux détectives !

Mais dans le fond il est amusé de voir que la jeunesse suit ses traces et cherche à faire le même métier que le sien. Il se caresse le menton, réfléchit, puis dit avec bonhomie :

— Après tout, je ne veux pas vous empêcher de courir après Fantômette et... après la prime. Bon. Eh bien, je puis vous dire que notre voleuse a provoqué un incendie dans une vitrine et qu'elle a profité de cette diversion pour lancer dans une gouttière un crochet auquel était attachée une corde. Elle a escaladé les quatre étages, brisé le carreau d'un vasistas, surpris le directeur pendant qu'il examinait des papiers qu'il venait de sortir d'un coffre-fort. Ce coffre était donc ouvert et elle n'a eu aucun mal pour en sortir le lot de diamants qui s'y trouvait. Elle a pris le chemin inverse, s'est laissée glisser le long de la corde et s'est enfuie. Voilà. Vous en savez maintenant autant que moi. Avez-vous quelque indice qui nous permettrait de mettre la main sur cette friponne ?

— Non, dit Françoise. Quel genre de crochet était-ce ?

— Un simple bout de fer recourbé. Pourquoi ?

— Rien... pour savoir, simplement.

— J'ai l'impression que vous avez une idée derrière la tête ?

— Peut-être.

— Est-ce que... vous sauriez où se trouve Fantômette, par hasard ?

— Ce n'est pas impossible.

— Si vous savez quelque chose, il faut me le dire !

— J'ai besoin d'abord de faire quelques vérifications. Mais si mes déductions sont exactes, je pense que, demain matin au plus tard, Fantômette sera sous les verrous.

Le commissaire sourit et dit d'un ton où perce une certaine moquerie :

— Dans ce cas, mademoiselle la détective, je m'incline et attends les résultats avec impatience. Dès que vous aurez capturé Fantômette, passez-moi un coup de fil au commissariat. Eh bien, bonne chance !

— Au revoir, monsieur le commissaire !

Les trois filles sortent des *Galeries Farfouillette.* Ficelle demande fiévreusement à Françoise :

— C'est vrai, ce que tu as dit ? Tu sais où se trouve Fantômette ?

— Disons que je crois savoir qui a cambriolé les *Galeries.* Tiens, entrons dans ce bureau de tabac...

— Tu veux acheter des cigarettes ?

— Non, je veux voir les cigares.

— Tu fumes le cigare ?

Françoise fait « non ! » en éclatant de rire. Elle entre dans le débit de tabac, tire d'une petite poche le bout de cigare qu'elle a récupéré dans les débris de l'incendie et le présente au buraliste en lui demandant s'il peut en identifier la marque. L'homme paraît un peu surpris, mais il se prête volontiers à l'expertise. Après examen, il déclare :

— C'est un *Capitaine.*

— Vous en êtes sûr ?

— Absolument. Tenez, vous pouvez comparer avec ceux qui sont dans cet étui. Moi-même j'en fume depuis des années. Je les connais très bien.

— Merci mille fois !

Elles quittent le bureau de tabac.

— Nous pouvons rentrer à la maison, dit Françoise.

— Bonne idée ! approuve Boulotte. Il est grand temps de déjeuner.

— Je n'ai pas l'intention de déjeuner. Je vais ressortir aussitôt. J'ai une expérience à faire.

— Quelle expérience ? demande Ficelle.

— Viens avec moi et tu le verras.

Elles rentrent au logis. Tandis que Boulotte se précipite sur les hors-d'œuvre, Ficelle suit Françoise jusqu'à un atelier qui, quoique minuscule, comporte tout l'outillage nécessaire pour bricoler. La brunette fouille dans une caisse, trouve une tige de fer qu'elle serre dans un étau et qu'elle scie pour la réduire à vingt-cinq centimètres de long. Puis, à coups de marteau, elle la plie pour lui donner la forme d'un S. Ficelle est prodigieusement intriguée :

— Que fais-tu ? Que fais-tu donc ? À quoi ça va servir ?

— Tu ne le devines pas ? Tiens, veux-tu attraper le rouleau de corde de nylon qui est accroché à ce clou ?

Françoise attache une extrémité de la corde

au crochet qu'elle vient de façonner. Ficelle commence à comprendre :

— C'est un système comme celui dont Fantômette s'est servie pour grimper sur le toit des *Galeries* ?

— Bravo ! Tu as trouvé.

— Et tu veux en faire autant ?

— Oui. Ou du moins essayer. Tu viens avec moi ?

— Je pense bien ! Tant pis pour le déjeuner. Je me contenterai de grignoter un sandwich.

Dix minutes plus tard, les deux amies se trouvent à nouveau devant le magasin. Elles lèvent le nez. Ficelle s'exclame :

— Oh ! mais c'est terriblement haut ! Quatre étages !

— Oui. Au moins douze mètres.

Elles longent le trottoir, contournent le bâtiment pour se placer derrière, dans une rue peu animée. Françoise prend le rouleau de corde dans sa main gauche et de la droite fait tournoyer le crochet à la manière d'une fronde. Puis elle le lance de toutes ses forces vers le haut.

Tirant la corde à sa suite, le crochet bondit en l'air jusqu'au troisième étage, frappe la façade et retombe, en manquant de peu la tête de Ficelle.

— Holà ! attention, Françoise !

— Abrite-toi sous ce porche. Je recommence.

Elle lance de nouveau le crochet qui cette fois-ci atteint la hauteur du dernier étage, mais rebondit de nouveau contre la façade.

Troisième essai, troisième échec.

— Tu ne m'as pas l'air bien adroite ! dit Ficelle ironiquement.

— Tu peux faire mieux que moi ?

— Bien sûr ! Tiens, donne-moi la corde...

La grande Ficelle fait tourner le crochet à toute vitesse et lâche brusquement la corde. Le projectile, au lieu de partir vers le haut, vient frapper le sol. Ficelle recommence, au risque d'éborgner son amie. Elle fait encore cinq ou six essais, dont le meilleur lui permet à peine d'atteindre le second étage ; le crochet cogne contre un carreau de fenêtre qui par miracle résiste au choc. Ficelle abandonne.

Françoise se livre encore à deux ou trois tentatives, mais le crochet refuse obstinément d'agripper quoi que ce soit. Elle love la corde, met le rouleau sur son épaule et déclare :

— Parfait. Je sais maintenant ce que je voulais savoir. C'est une preuve négative, mais qui confirme ce que je soupçonnais.

— Qu'est-ce que tu soupçonnais ?

— Le commissaire nous a dit que Fantômette est entrée dans le magasin en venant de l'extérieur. Elle aurait escaladé la façade grâce à une corde comme celle-ci. Or, nous venons de voir que c'est impossible.

— Mais il a dit aussi qu'on avait trouvé un crochet dans la gouttière avec une corde au bout...

— Cela montre tout simplement que quelqu'un qui était sur le toit l'a mise là pour faire croire à une escalade. Ce quelqu'un venait *de l'intérieur* du magasin. Il était passé par le vasistas.

— Ah ! Je comprends ! Fantômette a voulu faire croire qu'elle venait du dehors...

Françoise hausse les épaules, agacée. Elle dit sèchement :

— Fantômette n'a rien à voir avec toute cette affaire. Ce n'est pas elle qui est l'auteur des cambriolages.

— Tu crois ? Qui est-ce, alors ?

— Tu le sauras demain matin, en écoutant le bulletin d'informations.

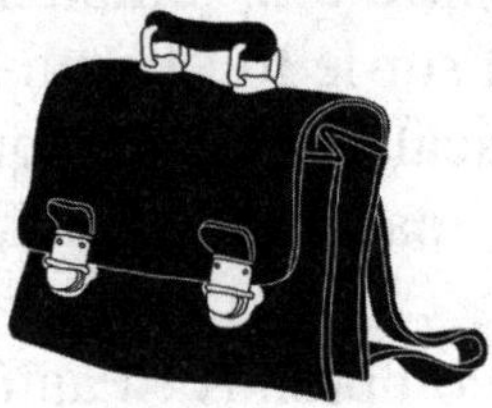

chapitre 14

Le vrai coupable

M. Pouffe retire sa casquette pour saluer M. Palissandre.

— Bonsoir, monsieur le directeur !

— Bonsoir, mon ami.

— Je voulais vous demander...

— Je vous écoute.

— Est-ce que je vais être seul pour veiller, cette nuit ? Les policiers ne viennent pas ?

— Non. Maintenant que Fantômette a réussi un gros coup en prenant mes diamants, il n'y a pas de raison pour qu'elle coure de nouveaux risques en volant des bricoles. C'est mon avis et c'est aussi celui du commissaire Moustache. Faites vos rondes comme d'habitude et n'ayez aucune crainte en ce qui concerne Fantômette. Elle ne reviendra pas. Bonne nuit.

— Bonne nuit, monsieur le directeur.

M. Palissandre monte les escaliers, se dirigeant vers son bureau. Parvenu au dernier étage, il souffle, consulte sa montre. Neuf heures. Il ouvre la porte marquée *Direction,* entre et appuie sur le commutateur.

— Bonne nuit, cher monsieur Palissandre !

— Oh !

— Ma visite paraît vous surprendre ? Je vous en prie, remettez-vous. Et asseyez-vous... Nous allons bavarder gentiment...

Assise dans le creux d'un confortable fauteuil de cuir, Fantômette joue négligemment avec le pompon noir qui orne son bonnet pointu. Elle sourit aimablement et semble ravie d'accueillir le directeur des *Galeries,* comme une bonne hôtesse qui reçoit avec grâce des invités de marque.

Éberlué, M. Palissandre prend place sur le siège que lui désigne la visiteuse nocturne. Il demeure un moment silencieux, ce qui lui laisse le temps de retrouver son sang-froid, puis il demande :

— Que faites-vous ici ? Comment êtes-vous entrée ?

Fantômette croise sa jambe gauche sur sa jambe droite, balance son pied et répond :

— Les portes de votre magasin sont fermées, ainsi que les fenêtres. Je vais vous expliquer comment je suis entrée : en passant à travers les murs, comme tout bon fantôme qui se respecte. Quant à ce que je viens faire... voici. J'ai pensé que votre vie de directeur n'était pas toujours drôle et que vous aviez besoin d'un peu de distraction. Je suis donc venue vous raconter une histoire. Pour vous amuser.

Le directeur fronce les sourcils, grogne entre ses dents. Il allonge la main, ouvre un coffret de laque brune, en tire un cigare qu'il allume au moyen d'un gros briquet à gaz en or ciselé.

— Vous fumez des *Capitaine,* n'est-ce pas ? dit Fantômette.

— Oui. Pourquoi ?

— Pour rien. Je disais donc que j'ai une histoire à vous raconter. Une histoire fort intéressante.

— Je n'ai pas de temps à perdre.

— Ce ne sera pas du temps perdu. Il était une fois...

— C'est un conte de fées ?

— Non. Une histoire vécue. Il était une fois deux frères, l'un très gentil, l'autre très méchant. Le premier s'appelait Jean, le second Jacques. Ils avaient un oncle qui était le directeur d'un grand magasin. Un jour, l'oncle dit à Jacques : « Mon petit, mes affaires ne marchent pas très bien, et un peu de publicité relancera mon magasin. Voici ce que j'ai imaginé. Je vais faire croire que la justicière Fantômette est devenue une voleuse et qu'elle exerce chez moi sa coupable industrie. Pour cela, je vais te prêter un costume de Fantômette que tu revêtiras. Puis tu te promèneras sur le toit de mon magasin, pendant la nuit. Les personnes qui reviennent du cinéma ne manqueront pas de te voir. Et le lendemain matin, on s'apercevra que des flacons de parfum ont disparu. Ils auront été remplacés par une carte de visite au nom de Fantômette. Les journaux vont s'emparer de l'histoire, cela fera beaucoup de bruit, donc beaucoup de publicité. En somme une excellente affaire. » N'est-ce pas votre avis ?

Le directeur tire sur son cigare sans dire mot. Fantômette poursuit :

— Il y a deux heures, j'ai rendu visite à Jean et à Jacques. J'étais persuadée que le méchant Jacques était celui qui avait joué mon rôle. Le déguisement se trouvait dans sa chambre, ainsi que la boîte en carton contenant les flacons de *Charming 7*. Or, j'étais dans l'erreur : lorsque j'ai dit à Jacques que j'allais tout raconter à la police, son frère Jean a éclaté en sanglots et il m'a avoué qu'il avait revêtu le déguisement sur votre conseil, en croyant qu'il s'agissait d'une simple opération publicitaire. C'est vous-même qui aviez apporté les flacons à son domicile en lui affirmant que c'était une astuce commerciale, et qu'il n'avait rien à craindre. Il vous a donc obéi, a revêtu ce costume qui est le mien, s'est rendu sur le toit en passant par le vasistas dont vous avez ouvert le cadenas. L'opération a eu le succès que vous escomptiez : visite du commissaire, des journalistes, offre d'une prime pour ma capture. Tout Framboisy parle du cambriolage des *Galeries Farfouillette*. Le lendemain, vous recommencez en escamotant des montres et de l'argenterie après la fermeture.

Mais le commissaire Moustache enquête sérieusement. Il constate que le cadenas est verrouillé de l'intérieur, et que Fantômette n'a pu pénétrer dans les *Galeries* en passant par le toit. Que faire ? Une mise en scène qui fera croire à une escalade. Vous ouvrez donc le vasistas, montez sur le toit, placez dans une gouttière un crochet relié à une corde. Cette fois-ci, le commissaire sera convaincu : Fantômette est bien venue de l'extérieur, c'est bien elle qui a commis les cambriolages, en particulier le vol des diamants.

Car toute l'affaire publicitaire n'est qu'un leurre. Vous avez raconté à Jean qu'il s'agissait d'une réclame, alors que votre but véritable est de faire croire que moi, Fantômette, je viens régulièrement cambrioler les *Galeries.* Pourquoi ? Quelle raison avez-vous de me faire passer pour une voleuse ? Pour qu'on ne vous soupçonne pas. Car le véritable voleur des diamants, *c'est vous* ! Vous avez volé vos propres diamants, ce qui va vous permettre de toucher une forte somme payée par la compagnie d'assurances. C'est très ingénieux ! Vous assurez le lot de diamants, vous les faites disparaître et vous m'accusez du larcin ! Hou ! la vilaine Fantômette qui vole les diamants ! Ce ne peut être qu'elle, puisqu'elle a déjà cette mauvaise réputation de voleuse ! Et que fait M. Palissandre ? Il retire tout simplement les diamants de son coffre, les cache à son domicile. Lorsque les policiers viennent monter la garde dans son magasin, il se bâillonne lui-même, se ligote du mieux qu'il peut, s'allonge sur le sol et pousse des cris lamentables. Auparavant, il a ouvert le vasistas et mis en place le crochet et sa corde. Les inspecteurs se précipitent : pauvre M. Palissandre ! il vient d'être attaqué par la méchante Fantômette qui s'est sauvée grâce à la fameuse corde !

La jeune justicière marque un temps d'arrêt. Le directeur continue de fumer tranquillement son cigare. Il est calme en apparence, mais un léger tremblement des mains trahit sa nervosité. Il murmure :

— Continuez, c'est passionnant.

Fantômette incline sa tête en signe d'acquiescement. Elle poursuit :

— Donc, me voilà accusée de vol. Je dois vous dire que c'est une situation qui ne me plaît pas du tout. Alors, je fais ma petite enquête personnelle. Je m'aperçois que le fameux incendie de vitrine destiné à détourner l'attention des policiers a été provoqué par la combustion d'un cigare. Je découvre qu'il est impossible d'accrocher une corde à la gouttière depuis l'extérieur du magasin.

Conclusion : le voleur est quelqu'un qui a opéré depuis *l'intérieur.* Il ne peut s'agir de ce brave père Pouffe, le plus honnête homme du monde. Alors, qui est-ce ? Le directeur des *Galeries,* tout simplement.

— Votre petite histoire est passionnante. Mais comment espérez-vous prouver que je suis l'auteur des cambriolages ?

— Oh ! cher monsieur Palissandre, c'est très simple. Je viens d'effectuer une petite visite à votre domicile et j'ai trouvé les diamants. Ils étaient bien cachés, mais mon flair a fait merveille...

Fantômette sort d'une poche un petit sac en papier, d'où elle fait couler au creux de sa main une douzaine de pierres transparentes, brillantes.

Le directeur fait un bond sur son siège. Il s'écrie :

— Comment avez-vous pu deviner qu'ils étaient cachés dans le téléviseur ?

— Tiens, ils sont dans votre téléviseur ? Merci du renseignement ! La police aurait pu chercher pendant longtemps. Maintenant, on aura vite fait de les trouver.

M. Palissandre devient blanc comme un linceul. Il bégaie :

— Qu'est-ce que vous dites ? Vous ne saviez pas où se trouvaient les diamants ?

Fantômette éclate de rire :

— Mais non, gros naïf ! Vous venez de me le dire ! Ce que je vous ai montré, c'est un échantillonnage de bouts de verre taillés. Je les ai achetés au *Bazar Framboisien* pour un euro ! Ha, ha !

Fou de rage, le directeur se lève brusquement, se précipite vers Fantômette qui pouffe de rire, lui saisit le cou à deux mains. La jeune fille n'oppose aucune résistance : au moment où M. Palissandre commence à serrer, la porte s'ouvre et une voix ordonne :

— Les mains en l'air ! Mon bonhomme, votre compte est bon !

Le commissaire Moustache entre dans la pièce, escorté par ses hommes.

— Vous ne vous attendiez sans doute pas à me revoir cette nuit, cher monsieur Palissandre ? Je n'avais pas l'intention de venir, mais un coup de téléphone de Fantômette m'a fait changer d'avis. Désolé d'intervenir dans votre petite opération. C'était très habile, mais je crois que vous avez eu tort de faire passer Fantômette pour une voleuse. Cela ne lui a pas plu du tout. Pour ma part, j'ai toujours été convaincu de son innocence et je suis heureux de la féliciter pour l'aide qu'elle nous a app... Comment ? Elle est déjà sortie ? Mais... où est-elle ? Fouinard, où est-elle passée...

— Heu... elle vient d'entrer dans la pièce voisine...

— Dites-lui de ne pas se sauver. Nous avons besoin de son témoignage et certainement... la pièce à côté, dites-vous ? Mais... c'est celle où se trouve le vasistas... Est-ce que...

Le commissaire se précipite dans la pièce voisine, passe la tête par le carreau cassé. Il a juste le temps d'entrevoir, au bord du toit, une silhouette agile qui lui fait un petit salut de la main et disparaît dans le vide.

— Mille tonnerres ! Cette fois-ci, c'est elle qui a accroché une corde à la gouttière ! J'aurais dû m'en douter...

Il revient dans le bureau, met les pouces dans les entournures de son gilet et cligne de l'œil vers ses subordonnés :

— Tout cela était prévu. Fantômette et moi avions arrangé cette petite fuite...

Puis il se tourne vers M. Palissandre et rugit :

— Mais vous... Je garantis que vous ne vous sauverez pas !

chapitre 15

... Qui conclut cette aventure

Ficelle soulève le couvercle de son casier, tourne le bouton du transistor, oublie instantanément l'accord du participe dont Mlle Bigoudi est en train d'exposer les pièges et les beautés. Un son nasillard sort du haut-parleur :

« L'affaire des cambriolages des *Galeries Farfouillette* vient de trouver sa conclusion. Le coupable n'était pas Fantômette, comme on l'avait cru, mais le directeur du magasin, qui voulait toucher l'indemnité que la compagnie d'assurances devait payer. Fantômette a dévoilé la combinaison. Elle a prévenu par téléphone le commissaire Moustache, qui a pu cueillir le coupable au moment où il s'apprêtait à faire subir un mauvais sort à la jeune justicière. Il est vraisemblable que la prime offerte par M. Palissandre pour sa capture servira à payer l'avocat auquel reviendra la lourde charge de défendre le coupable devant les tribunaux. Passons maintenant au problème du désarmement... »

Ficelle tourne le bouton, referme son pupitre. Elle sent alors une main qui se pose sur son épaule, entend une voix qui dit :

— Mademoiselle Ficelle, voilà plusieurs jours que je vous surveille. Vous avez le nez constamment plongé dans votre casier. Voulez-vous m'en indiquer la raison ?

Le couvercle est soulevé, et l'institutrice s'empare du transistor qu'elle emporte pour l'enfermer à clef dans le tiroir de sa chaire. Elle ordonne :

— Mademoiselle, vous me copierez cent fois la phrase suivante : « Je ne dois pas apporter en classe de poste de radio. » Vous me remettrez ce travail mardi matin. Maintenant, mesdemoiselles, prenez vos cahiers d'histoire. Nous allons étudier l'influence de la Grèce sur la civilisation romaine...

Ficelle soupire profondément. Son institutrice retarde beaucoup trop ! Elle se complaît dans l'étude des Grecs et des Romains, bonshommes qui vivaient dans la plus lointaine antiquité, alors qu'on est au XXIe siècle, à l'ère du TGV, des satellites, de la télévision en couleurs et des engins spatiaux !

Pour se consoler de la perte de son transistor, Ficelle ôte une double page à son cahier d'histoire, prend son stylo-plume (quelle méthode démodée, alors qu'on fabrique de si bons ordinateurs !) et commence à rédiger le premier tome de ce qui devrait être une biographie, un ouvrage historique monumental :

VIE ET ŒUVRES DE FANTÔMETTE
par un témoin de son temps

Ficelle tire la langue, appuie la pointe de son stylo-plume sur le papier et commence à écrire :

« Il était une fois une jeune justicière... »

Quelle nouvelle énigme
Fantômette
devra-t-elle élucider ?

Pour le savoir,
tourne vite la page !

Fantômette
va devoir mener l'enquête...

Dans le 13e volume de la série

Opération Fantômette

Françoise, Ficelle et Boulotte sont en vacances au Pays basque. Quelle n'est pas leur surprise de constater que le Furet et ses deux acolytes, Bulldozer et le prince d'Alpaga, sont déjà sur place ! Fantômette découvre qu'ils se livrent à un trafic de tableaux volés. Il faut y mettre fin... tant pis pour les vacances !

Les as-tu tous lus ?

Inédit

1. Les Exploits de Fantômette

2. Le Retour de Fantômette

3. Fantômette contre le Géant

4. Fantômette et la maison har

5. Fantômette contre le hibou

6. Fantômette au carnaval

7. Fantômette et l'île de la sorcière

8. Pas de vacanc pour Fantômett

Inédit

9. Fantômette a la main verte

10. Fantômette et la télévision

10. Fantômette chez le Roi

Retrouve toutes les rocambolesques aventures de Fantômette dans les volumes précédents.

Table

« Pour l'éditeur, le principe est d'utiliser des papiers composés de fibres naturelles, renouvelables, recyclables et fabriquées à partir de bois issus de forêts qui adoptent un système d'aménagement durable. En outre, l'éditeur attend de ses fournisseurs de papier qu'ils s'inscrivent dans une démarche de certification environnementale reconnue. »

Composition ***Jouve*** – 45770 Saran

Imprimé en France par Jean-Lamour - Groupe Qualibris
Dépôt légal : septembre 2009
20.20.1458.7/02 – ISBN 978-2-01-201458-9
Loi n°49-956 du 16 juillet 1949
sur les publications destinées à la jeunesse